11.5
JN228551
ようこそ
じつりょく
しじょうしゅぎ
のきょうしつへ
ようこそ実力至上主義の教室へ
衣笠彰梧
トモセシュンサク

かるいざわ けい
軽井沢 恵

いちのせ ほなみ
一之瀬 帆波

「ちょっと待って」
そんなケヤキモールの
カフェからの帰り、背後から
堀北に呼び止められる。
振り返ろうとしたオレに対し、
堀北はこう言って制止する。

「振り返らずに聞いて欲しいことがあるの」
そう要望を受ける。

ようこそ
じつりょく
しじょうしゅぎ
のきょうしつへ

ようこそ実力至上主義の教室へ

ようこそ
実力至上主義の教室へ11.5

衣笠彰梧

MF文庫J

ようこそ実力至上主義の教室へ 11.5

contents

P011　少女は鏡の中の自分を覗き込む

P016　卒業式

P105　デートひより

P124　迷える子羊

P202　兄から妹へ

P254　松下の疑念

P301　動き出す青春

口絵・本文イラスト：トモセシュンサク

○少女は鏡の中の自分を覗き込む

今日は3月31日。
あの人が――――私の兄さんが、この学校にいる最後の日だ。
「酷い顔」
覗き込んだ鏡に映っていた私の顔は、どこか沈んでいて暗い表情をしている。
その理由は、昨日ほとんど眠れなかったことに起因するだろう。
この学校で私が兄さんと話した時間は、一体どれだけあっただろうか。
1年間もありながら、きっと数時間にも満たない。
あまりにも希薄過ぎる関係。友人以下の関係と揶揄されても仕方ないもの。
兄と妹。血縁関係者とは思えないほどに、近くて遠い距離にいる存在。
「このまま、兄さんと別れてしまっていいの？」
鏡の自分に問いかける。
当然言葉は返ってこない。
ただ暗い表情の私が、私を見つめ返しているだけ。
何を訴えているのか瞳を覗き込むまでもない。
兄さんに話したいことは山ほどある。

このまま別れていいはずがない。
そう思って1年が過ぎた。
結局、語り合う時間を作ることは出来なかった。
でも……今は違う。向き合えるようになったのだから堂々と会えばいい。
堂々と会って、最後のお別れを言えばいい。
「……いいえ、ダメよ」
今の私には、お別れの挨拶をする資格すらない。
確かに、私と兄さんの関係に変化は生まれた。
兄さんに私を見てもらうことは出来るようになった。
だけど……。
この1年間で、私は自分の成長を兄さんに見せることが殆ど出来なかった。
このままお別れをしても、きっと兄さんは喜ばない。
むしろ、無能な妹の心配をさせてしまうだけになるだろう。
そんな気持ちで、兄さんの輝かしい3年間を無駄にして良いはずがない。
いっそ会わない方がいいんじゃないだろうか。
そんな風にも考えてしまう。
私の我儘で、兄さんを困らせることはあってはならないから……。
「違う。そうじゃない、そんなことで良いはずがないでしょう?」

再び鏡に映る自分に問いかける。
私は何も見せることが出来ていない。
だからって、逃げることが正解じゃない。
私は大丈夫ですと、自信をもって兄さんに伝えられれば問題は解決する。
ならどうする？
どうすればいいの？
もう、時間は残されてないのに。
自分の愚(おろ)かさに、もっと早く気がついていたら。
入学直後に気がついていたなら。
「そんな過ぎたことを悔(く)いても、意味なんてない、わね……」
時刻は朝の8時を回った。
今日の正午には、兄さんは旅立ってしまう。
「どうしたら——どうしたらいいの」
ありのままの自分を見せればそれでいい、そう思っていた。
だけど、今の私は、私であって私じゃない。
兄さんだけを追いかけ続けていた、とても愚かな妹。
鏡に映り込んだ私の姿は、過去の自分と重なっていた。
「私は……一体……何者なの？」

そう。
鏡に映っている自分は、自分であって自分じゃない。
「……偽者」
今の私は偽者だ。
思い返せば人生の半分以上を、私は偽りの自分として過ごしてきた。
本当の自分を隠して偽り続けてきた。
『兄さんの求める妹』であろうとしてきた偽者だ。
外見も人格も成績も、全ては兄さんのため。
兄さんに認められるために作られた偽者。
そんな偽者じゃ、認めてもらえるはずなんてないじゃない。
違う、そうじゃない。この数年間の私は紛れもない私だ。
偽りなんて呼ぶことは出来ない。
短い人生とはいえ、半生を共にしてきた本当の自分自身だったと言える。
そうしてきた自分に後悔だってしてない。
でも……。
「私が見てもらいたいのは……。本当に、兄さんに見てもらいたかったものは……」
私があの人に示せる、たった一つのこと。
それが、今見えた気がした。

「……ありがとう。偽者、そして紛れもない本当の私」
鏡に向かって、自分自身に向かって、私は一度頭を下げた。
長い髪が揺れる。
そして顔を上げて、鏡から視線を外す。
過去の自分と向き合うのはお終(しま)い。
時間がない。
私が私として、やらなければならないこと。
最後の最後で気がついたこと。
安心して兄さんが旅立つための、最後の贈り物。

○卒業式

3月24日、卒業式。

3年生たちもすべての課程が終了し、いよいよ旅立ちの日を迎える一大イベントの日。

他の在校生にしてみれば単なる通過イベントに過ぎないものの、個人的に見どころはある。

まず気になるのは堀北(ほりきた)兄対南雲(なぐも)の結果だ。

最後の最後まで争いを繰り広げていたであろう戦いの結果を、オレはまだ知らずにいた。

堀北兄がAクラスで卒業できたのか、それとも南雲の介入によって敗れたのか。

休みだった昨日の内に結果は分かっていたんだろうが、やることがあったため一歩も部屋を出なかったからな。

どちらにせよ、恐らく今日結果を知ることが出来る。

それから、単純に卒業式がどんなものなのかという興味だ。

卒業式でも終業式でも、初めて体験することには自然と心が躍る。

登校の時間が近づき、部屋の鍵を閉めオレは学校へ向かうことに。

「おはよう」

エレベーターで鉢合わせした啓誠(けいせい)に声をかけられ、軽く答える。

他クラスの生徒も数人いたため、特に雑談することなく、そのまま静かにロビーから寮の外へ２人並んで歩く。

「折角(せっかく)上がったＣクラスも結局1年で振り出し。けど思ったよりダメージは受けなかった」

そんな啓誠の呟(つぶや)きが快晴の空に吸い込まれるように消えていく。

1年最後の特別試験で敗北したＣクラスは、またＤクラスに転落する展開を迎えた。

少なからず生徒たちにショックはあっただろうが、幸いなのは対戦相手がＡクラスだったこと。そしてプロテクトポイントを保持するオレが司令塔になったことが、緩和剤(かんわざい)のような役目を果たしていた。負けても仕方がない。あるいは善戦しただけ立派だった、と。

Ｄクラスに落ちることになったものの、クラスポイントの増減ではけして悪い数値じゃない。

3月下旬の暫定(ざんてい)クラスポイント
坂柳(さかやなぎ)の率いるＡクラス　１１３１ポイント
一之瀬(いちのせ)率いるＢクラス　５５０ポイント
堀北の率いるＣクラス　３４７ポイント
龍園(りゅうえん)の率いるＤクラス　５０８ポイント

この数字はあくまでも3月下旬時点のものだ。

クラスポイントが確定するのは基本的に毎月1日であり、その時点でクラスが変動するため、今はまだオレたちはDクラスではなくCクラスになる。そして龍園たちがCクラスに再浮上すると共に、Bクラスとほぼ横並びのクラスポイントになる。

このままのポイントで来月4月1日を迎えれば、クラスは大きく入れ替わる。

だが、この学校では様々な状況が加味されて毎月クラスポイントに変動を与えることを忘れてはならない。

真面目な生徒が多い一之瀬のクラスと、お世辞にも優等生とは言えない龍園のクラス。

恐らくは私生活の面などで、クラスポイントにも違いが生じているはずだ。

今頃Bクラスの生徒たちは、この状況に肝を冷やしているところだろう。

だが、それでも1年間を通して一之瀬がBクラスを死守できたのはせめてもの救いか。

とは言っても、現時点での差はたったの42ポイント。

次の特別試験などで、龍園がBクラスを確実なものにする可能性は大いにあるだろう。

これだけを見ればDクラスに戻るオレたちだけが大きく出遅れたようにも見えるが、忘れてはならないのは、去年の4月と5月時点のクラスポイントだ。

去年の4月は、全クラスが1000ポイントで横並びというスタートだった。

Aクラスであるメリットも、Dクラスであるデメリットもなかった。

今にして思えば、ここで踏ん張ることが最大のチャンスでもあったわけだが……。

しかし、オレたちDクラスは1か月に満たない間に全クラスポイントを使い切った。

その結果……。

去年５月１日時点のクラスポイント
坂柳の率いるＡクラス　９４０ポイント
一之瀬率いるＢクラス　６５０ポイント
龍園の率いるＣクラス　４９０ポイント
堀北の率いるＤクラス　０ポイント

全クラスがポイントを下げての５月。実質、この月から勝負が始まったと言ってもいい。

そう考えると、オレたちのクラスは１年間で３４７ポイントを得たということになる。

生活態度や遅刻欠席などが影響して、もう少しクラスポイントは少なくなるだろうが、大体３３０ポイントから３４０ポイントという結果になるだろう。

ここから見えてくる答え。それは年間を通して一番クラスポイントを増やしたクラスだったということだ。年間２位の上昇値であるＡクラスの１９１ポイントを大きく上回る。

去年の春、早々に０ポイントのどん底まで急降下したことを思えば上出来と言えるが、２年生に進級後は、クラスメイトたちの更なる活躍が求められる。

そうしなければ上位との差を詰めることは出来ない。

堀北、平田などリーダー格の成長と、クラスメイト全体の能力の底上げ。

それらを踏まえれば十分に上のクラスと競っていくことも現実的だろう。

傍から人の気配がなくなったところで啓誠が何かを察したように口を開く。

「大丈夫だ。他のクラスメイトからおまえを責めたりする声は殆どなかった」

オレが司令塔での失敗を悩んでいると思ったのか、そう声をかけてきた。

当然気になどしていなかったが、啓誠の言葉を拾い上げる。

「殆ど、か」

慰めのつもりではあるんだろうが引っかかる言葉でもある。

つまり少数ながら、オレに対して不満を抱えている生徒もいるということ。

「それは……完璧にとはいかないだろ。だけど清隆が悪いというより、もっとしっかりした人が司令塔になるべきだったって声が聞こえてくるだけだしな」

ある意味責めていると同義な気もするが。人とは理不尽なもので、一度納得したつもりでも、後で異を唱えることはけして珍しくない。

Aクラスに負けた理由が『司令塔の差』だと不満を漏らすことは不思議じゃないからな。

「好き勝手言ってくる奴がいても強気でいるんだぞ？　プロテクトポイントがなければ、司令塔になんて誰もなれないんだ」

今後オレに文句を言ってくる生徒がいた時のことを考え、そうフォローしてくれる啓誠。

「大半はそうだろうけど、龍園の例もあるからな」

オレがそれを言うと、啓誠は苦笑いを軽く浮かべて首を左右に振った。

「あいつは特別だ。無茶することもパフォーマンスの一環として捉えてるんだ。事実、唯一プロテクトポイントを持ってなかった龍園が出てきたことで、Bクラスは意表を突かれて大敗することになったしな」

表面上だけを見れば啓誠の言う通りだ。

ただ、事実はそれだけじゃない。計算された龍園の勝ちへの戦略だった。

無防備なパフォーマンスはその布石の1つに過ぎない。

「……なあ清隆、聞きたいことがある」

話がひと段落ついたところで、改めて啓誠がそう言った。

「俺が独断で葛城を懐柔しようとしたこと、どうして堀北に報告してなかったんだ？」

啓誠は学年末試験でAクラスに勝つために、坂柳と対立し敗れた葛城を仲間に引き入れる戦略を堀北に提唱した。しかしリスクの高さや実現性の難しさから堀北は却下した。

だが啓誠は納得がいかず、自らの判断で葛城の懐柔を実行した。結果は失敗。

まぁ実際には、失敗したところで大きな影響はなかったわけだが。

葛城が協力しなかっただけであり、受けた実害は皆無に等しい。

「被害が少なかったから良かったじゃないか」

啓誠にとってみれば、重要な部分はそこじゃない。

それを分かっていながらオレは、あえて慰めるような言葉を口にした。

「それは葛城が卑劣な手を良しとしないタイプだったからだ。もし、これが坂柳や龍園のような人間だったなら、こちらはもっと壊滅的なダメージを受けていた」

強引に懐柔しようとしていただけに、その責任を強く感じている啓誠は、起こることのなかった未来を憂えている。

口ぶりからして、どうやら啓誠は自分から堀北に葛城懐柔の件を話したみたいだな。

「……ああ。堀北には俺から話した。責任は取るべきだと思ったんだ」

叱責覚悟で打ち明けたことを認め素直に話す。

「葛城がAクラスを裏切るはずがないって、そんな確信がおまえにはあったのか？　清隆」

そして疑問をストレートにぶつけてきた。

「別に確信なんてない。実際、葛城が寝返る可能性は確かにあった。そうだろ？」

「それは……そうだが……」

それが50％なのか1％なのか、それはこの際置いておく。

「堀北に報告しなかったのは単純に失念してただけなんだ。司令塔の役割を果たせるかどうか不安で、頭がそれで一杯だった。そういう意味じゃオレにも大きな責任がある。葛城の懐柔が成功していたら上手く事を運べなかったかも知れない。お互い様だ」

両者が謝ることで、葛城の件の話を終息させる。

「お互い様、か。それでも自分の見通しの甘さを痛感してる。リスクを考えれば葛城懐柔はそもそもするべきじゃなかったんだ」

過ぎ去ったことはなかったことには出来ないが、振り返ることは出来る。

「見通しの甘さがあるとしたら、オレだって同罪だ。その場にいて何も言わなかったんだ」

「そう言ってくれると、俺の気持ちも少し楽になる」

あの試験、受け身になる生徒が多い中、啓誠は勝つために必死に何かを為そうとした。

「それに今回のことで分かったんじゃないか？　ああいった戦略は簡単には成功しない」

失敗の中から学べることも沢山ある。

それを活かせるかどうかは、本人次第だが。

「……そうだな。俺は勝ちたいあまりに、目の前のことが見えてなかったんだ。まったく、冷静になると情けない話だ」

反省するように、ポツリと呟く。

葛城の懐柔は確かに甘い考えではあったが、チャレンジしたことは評価したい。

「それで堀北のヤツは啓誠になんて言ってたんだ？」

「堀北は俺を責めなかった。下手したらクラスに被害を与えていたかもしれないのに。それどころか、次もアイデアが浮かんだらぜひ聞かせて欲しいと言われた。もちろん勇み足は勘弁してほしいと忠告は受けたが」

どうやら、堀北も似たような評価を啓誠に下したようだ。

人は失敗を繰り返して成長していく。結果だけを見て叩くようでは指導者にはなれない。

もちろん失敗だけを延々とし続けるような人間はいずれ見限られるわけだが。

「正直に言うと、俺は今まで堀北がリーダーのようなポジションに立つことには肯定的じゃなかった。確かに、頭脳明晰で運動神経も良い。でも、物言いというか、見下すような態度に受け入れがたいものを持ってたからだ」

その点はオレも否定しない。少なくとも現時点までは、平田や一之瀬のような人徳でリーダーをしているタイプではないからな。

一定の味方を作れる一方、必然的に敵も作ってしまう。

「けど……俺も似たようなものだったしな。スポーツなんて不要だと思っていたし、頭の悪いヤツは全部見下してきた。同じ穴の狢だ」

入学したての啓誠は勉強の出来ない生徒を一方的に軽蔑する傾向があった。

学生の本分である勉学の出来不出来こそが全てだと思っていたからだ。

「今の啓誠と1年前の啓誠は全然違う。随分と変わってきた」

「ああ。自分でも不思議なくらいそう感じてる。勉強はもちろん一番大切だ。だけど、運動もコミュニケーション能力も、そして友情も。どれもこれも必要なんだって理解した。でも、それは堀北も同じだった。あいつも少しずつ変わってきた。前よりもずっと頼もしくなってるし信頼も出来るようになってきた」

啓誠は綾小路グループ以外のメンバーにはあまり心を許していない。にもかかわらず、ここまでしっかりと堀北の褒めるべきところを褒めているのは、こちらとしてもその発言を本音として素直に信じることが出来る。

「そうかもな」

簡単にだが同意しておく。

1年かかったが、直接かかわりあうことで堀北という生徒が見え始めたのだろう。

クラス内投票の件以来、徐々に堀北はクラスメイトに受け入れられ始めた。

その主な要因は、戦略の鋭さやリーダーシップ性の高さとは違うところにある。

堀北の強固だった心の壁が、少しずつ取り払われてきたからだ。その壁があったころは自分以外の生徒を足手まといだと決めつけ、弱者は切り捨てられても仕方がないと割り切っていた。まさに啓誠と似たような傾向の持ち主だった。

「もちろん、堀北の発言の全てに従うことが正しいことだとは思ってない。堀北が間違った判断をしたと思えば遠慮なく突っ込んでいくつもりだ。俺は間違ってるか？」

そうやって考えをまとめる啓誠。

信じるべきところは信じ、そして疑うべきところは疑うというスタンス。

「いいや、正しい。それが本来のクラスの在り方だ」

どれだけ頼れるようになってきたといっても、堀北もまた同じ高校生。

時に大きな間違いを犯すことだってあるだろう。

そんな時に、その間違いを指摘する生徒が1人でも多いことは喜ばしいことだ。

肩を並べて話し合い、解決に向けて努力しあうことが出来る。

坂柳や龍園のような独裁制のクラスには、まずそれが出来ない。

どちらかと言えば一之瀬寄りのクラスにこれからオレたちのクラスはなっていくだろう。

そして自分たちのクラスに出来るやり方で、差を詰めていくことが大切だ。

1

体育館。

集められた全校生徒と、そして全教師たち。

関係各位、普段見ることのない大人たちも列をなし、今卒業式を温かく見守っている。

3年生たちが、新しい門出に向けて大きな一歩を踏み出そうとしている瞬間だ。

進学する者、就職する者、道を決められず立ち止まる者。

子供という枠を越え社会に巣立っていく。

オレは考える。

2年後、自分はあの場所にどんな風に立っているのだろうか。

そして何を考えているのだろうかと。

たとえ歩んでいく道は決まっていても、きっと様々なことを思い描いていると信じたい。

ここで学んだことが、生きていく上での糧になると信じたい。

「ではこれより、3年間を戦い抜き晴れてAクラスで卒業したクラスの代表者より、答辞(とうじ)を述べて頂きたいと思います」

進行役の大人が、マイクを通してそう話す。

より一層、静寂(せいじゃく)に包まれる体育館。

「代表、Ａクラス――」

ここで名前を呼ばれた生徒が、堀北学(ほりきたまなぶ)あるいはそのクラスメイトでなかった場合。

即ち(すなわ)最終試験の結果でクラスの変動があったことになる。

在校生の多くが、その瞬間に強い思いを感じただろう。

この学校に在籍する以上、Ａクラスで卒業することが唯一にして最大の目標だからだ。

「――堀北学くん、前に」

その名前を聞いた時、心底堀北は安堵(あんど)したことだろう。

南雲(なぐも)の妨害がどれだけあったかは不明だが、堀北兄は無事にＡクラスで卒業となったようだ。

堂々と壇上へと歩みを進めると、在校生や関係各位へと視線を移す。

「答辞。梅の香りに春の息吹(いぶき)を感じるこの日、我々は卒業式を迎えました――」

堀北兄の答辞が始まる。

盛大な卒業式を行っていることに対する感謝などが述べられていく。

それから３年前に入学してきた時のことが語られる。

「――高度育成高等学校に入学し、他校とは違う雰囲気を感じ、未来を担う大きな責任を持つとともに、やりがいのある3年間にしようと誓ったことを鮮明に覚えています」

ゆっくりと話す雰囲気には、どこか穏やかさのようなものを感じられた。

1年前の入学式の後、生徒会長として同じ場所に立っていた人物とはどこかが違う。

粛々と進んでいく答辞に対し、オレはそんな変化を感じ取っていた。

堀北兄だけじゃない。在校生たちもまた、月日を経て大きく成長していると。

「私事ではありますが、生徒会の代表として昨年1年生たちに言葉を述べたことがあります」

オレの思考とリンクするように、堀北兄がそんな風に話し出す。

「昨年この場所から見た時と比べて一目瞭然、皆さんの成長を感じ取ることが出来ます」

1年前、オレたち1年生の浮足立った空気を堀北兄は沈黙によって変えた。

あの時には多くの生徒たちに見えていなかったもの。

今、この卒業式で私語をする生徒は1人もいない。

そして堀北兄もまた、巣立つ生徒として、温かい眼差しを在校生たちに向けていた。

「そしてこれから3年生となり、在校生を牽引していく立場の2年生には、この学校の規律を守ったうえで、存分にその力を発揮して頂きたいと思っています」

そして数分後、やがて答辞は終わりへと近づいていく。

「この学校で学んでいることはこの先の人生において、何よりも宝となり役立つものになるであろうことをここに約束します」

そして改めて、堀北兄は在校生たちを見つめる。

「来年、そして2年後。答辞を述べる人にも、きっと理解できる瞬間が訪れるでしょう」

答辞を述べる人物。

それはつまり、Aクラスで卒業することになるクラスのリーダー。

2年生であれば先ほど送辞を読み上げていた南雲(なぐも)が筆頭候補だろうか。

1年生たちはまだ混戦の中にいる。堀北か、一之瀬(いちのせ)か、龍園(りゅうえん)か、坂柳(さかやなぎ)か。

それとも新しいリーダーとなる別の誰かか。

早くも3分の1が過ぎた学校生活だが、まだ3分の1に過ぎない。

この先もクラスは入れ替わり生徒も減っていく。

それでも勝ち残った者のリーダーが、代表としてあの場所に立つことを許される。

ゆっくりと、されど流れるような答辞を読み上げる堀北兄。

「――3年間、本当にありがとうございました」

やがてその時間も、ほどなくして終わりを迎える。

それから答辞は生徒たちから、教師たちへと、学校へと向けられていく。

見事な答辞が終わりを告げ、卒業式は次のステップへと進んだ。

2

卒業式が終わった後、オレたち在校生は一番初めに体育館を後にする。

そして一度自分たちの教室へと戻った。

この後は卒業生と全教師、そして参加する卒業生の保護者が集まり謝恩会が始まる。

謝恩会とは、卒業していく生徒たちと、そしてその保護者が教師を労う会らしい。

在校生は帰宅しても構わないようだが、部活に所属している生徒や3年生と仲の良かった生徒たちは、この後準備をして卒業生が出てくるのを待つらしい。

花束を渡したり、あるいは何か特別な告白や話があるのかも知れない。

浮足立ったり、緊張して物静かになる生徒など様々だ。

「さて、明日の終業式で話しても構わないことだが、簡単に今学期の総括をしておこう」

全員が着席して少しして、茶柱がそう言って生徒たちに目を向ける。

「まずは学年末試験、Aクラス相手に善戦したと評価しておこう。先生方もおまえたちの成長ぶりに驚いていていた」

負けた戦いだったが、普段辛口の茶柱が素直に褒める。

「1年前、入学してきたばかりのおまえたちとは大きく見違えた。よくここまで成長した」

「けど先生。俺たちまたDクラスに落ちるんですよ？　超格好悪いじゃないですか」

悔しそうに池が言う。

「確かに、振り出しに戻るようにも見える。だが、1年間で確実におまえたちは成長した。単なるクラスポイントの差以上に、実力面で他クラスに迫ったと言っていいだろう」

「そんなに褒められると逆に怖え(こえ)な。なんかあるんじゃねえだろうな先生」

褒める茶柱に対して須藤(すどう)がそう言いたくなるのも無理はない。

この後引き続き試験をするとでも言いだしかねない。

「何もない、純粋にそう思っただけだ。教師になって4年目、私が受け持つクラスはおまえたちで2つ目だが、前回のDクラスの生徒たちよりも一回り以上優れている。とは言えそれは他クラスにも言えること。おまえたちが上のクラスに上がれるかどうか、それはこれからもたゆまぬ努力を続けていくかにかかっていると言えるだろう」

トン、と一度黒板を軽くノックするように叩(たた)いた茶柱。

「明日は終業式だ。授業がないといっても学校の一日に変わりはないことを忘れるな」

茶柱から話を受け解散となったクラス。

どれだけの生徒が3年生の出待ちに向かうかは分からないが、隣人はどうするだろうか。

生徒会長を務め、そしてAクラスのリーダーとして答辞(とうじ)を務めた男の妹。

堀北(ほりきた)は、まっすぐ黒板を見つめるように動きを固めていた。

頭の中では色々と考えているところだろう。

不用意に藪(やぶ)を突(つつ)くと噛(か)まれそうな気もしたが、試しに聞いてみる。

「行くのか？」

「何のこと？」

「いや、流石に分かるだろ」

「兄さんに会いに行くのか？という問いなら、そのつもりはないわ」

堀北はそう言って視線を逸らす。

行くつもりはない……か。

「この前話せるようになったんじゃないのか？」

「別に、あなたには関係ないでしょう？　私たちには私たちなりの問題があるの」

その問題を抱えているのは、今やおまえだけの気もするが。

「この機を逃したら、このままズルズルいくぞ」

「それは……」

雪解けしかけているとはいえ、肝心なところでは日和るんだな。

それだけこの数年間の関係が拗れていた証拠でもあるか。

「オレは会いに行く」

「え？　兄さんに会うつもり？」

普段人と深くかかわらないオレだからこそ、堀北は意外にも驚いてみせた。

「あいつと仲良くすることはなかったが、今日が最後かも知れないしな」

挨拶くらいしておいても悪くない。

「そう……」

「何か問題でもあるのか？」

「別に。あなたが兄さんと会うのは自由よ」

顔には何であなたが、と書いてあるがそのことには触れない。

オレは立ち上がる。

今、この時間の多くの教師は謝恩会に駆り出されている。

それは理事長代理をしている月城も同様だ。参加しないわけにはいかない。

「どこに行くの？」

「時間潰しだ。謝恩会のことを考えたらしばらく手持ち無沙汰だからな。おまえも兄貴に会うなら後で合流してやろうか？」

「……考えておくわ。謝恩会はどれくらいやってるのかしら」

行くつもりはないと言っていたが、それは撤回ってことらしい。

「さあ。1時間か2時間か、そんなところだろうな」

実際の謝恩会の予定時間は『90分』で、終わるまではかなり時間がある。

その間にこっちはやるべきことをやっておく。

3

ここから日付は昨日の23日に遡る。

選抜種目試験が終わったその日の夜、オレはある人物に電話をかけていた。

「もしもし、坂柳です」

落ち着きのある大人の声。

オレが電話をしたのは同級生の坂柳有栖ではなく、その父親。

月城の罠によって蟄居させられている坂柳理事長の方だ。

電話に出た坂柳理事長だが、当然こちらの番号に覚えはないだろう。

「夜分遅くに失礼します。ご無沙汰してます、綾小路です」

そう名乗り、まずは誰であるかを理解させる。

「え？　綾小路……？　綾小路くんか」

苗字とそして声から、坂柳理事長は理解して驚きを見せる。

こちらが無意味な悪戯で電話したわけではないことを、早々に伝える必要がある。

「突然のお電話申し訳ございません」

「いやいや、驚いたね。どうして僕の電話番号を知ってるのかな？」

「娘さんにお聞きしました。学校関係者と連絡を取る時に使う電話番号だと」

学年末試験の帰り道、坂柳に尋ねたところ二つ返事ですぐに教えてくれた。

「理事長も娘さんにだけは、電話番号を教えていたんですね」

贔屓はしていないだろうが、やはり愛娘は可愛いということだろうか。

そう思っていたが、坂柳理事長の反応は意外なものだった。

「有栖が……？　いや……僕は娘にも電話番号は教えていないよ」

驚きながら、そう否定した。

「一体、いつどこで知ったんだか」

苦笑いしている様子の坂柳理事長。その話し方に嘘は感じられない。

「普段から理事長の電話番号は伏せられているんですか？」

「先生方はもちろん全員知っているし、関係者に配る資料なんかには載せているかな……」

であれば、入手自体はそれほど難しいものじゃないということだ。坂柳がどこかで目にして、記憶していたとしても不思議はない。ただ気になることはある。坂柳理事長は大切な娘であっても公平性を貫く男だろう、泣きつかれて手を貸すとは思えない。では、何故わざわざ電話番号を記憶していたのか。近況報告や雑談話をするためでもないだろう。

オレは坂柳に電話番号を聞いた時、嬉しそうに答えてくれたことを思い出す。

もしかしたら、坂柳はいつかオレが困って理事長の電話番号を聞いてくるかもしれない、そんなことを想定していたのかもな。

「それで……僕は君に対してどう反応すればいいのかな？」

電話番号の入手方法よりも、理事長にしてみればそちらの方が重要だろう。

生徒からの直通など、歓迎していないことだけは確かだろうしな。

「理事長に電話してはいけない、というルールはありませんよね？」

先にその点だけは確認しておく。

この時点でアウトだと言われれば、通話を続けることは出来ない。

「確かにそれはないね。この電話自体は、僕が拒絶すべきものではないよ」

そしてこうも続ける。

「個人的には、早くこの電話を終わらせるべきだと思っているよ。僕に何の用件かな？」

向こうは困惑している様子だったが、こちらを咎める様子はない。

まぁ理事長に電話してはいけないという罰則規定はないだろうからな。

「坂柳理事長。今不正疑惑で謹慎とのことですが、こちらは真実ではありませんよね？」

「随分と学生らしくない、そして直接的な質問だね。当校の生徒が理事長にするような話としては非常に不適切だ」

あくまでも物腰柔らかく、こちらの質問に対しての回答を避ける。

だが話すべき本題にも直結していること。

ここはもう少し粘る。

「出来れば答えて頂けないでしょうか」

「……綾小路くん。君の狙いが何かは分からないけれど、それは答えることが出来ない。その理由は話すまでもないね？」

「学生に聞かせるような話ではないから、ですよね？」

「そうだよ。何の関係もない話だ」

坂柳理事長の置かれている境遇や立場。それは学校の生徒には本来無縁のもの。

そうやって拒否するのは、至極当然の反応と言える。

「百も承知です。しかし、そうも言っていられない事情があります」

まずは坂柳理事長にこちらの状況を知ってもらう必要がある。

「どんな事情があるのか知らないけれど、君は当校の生徒だ。そこには綾小路も坂柳も関係ない。そのことをはき違えていないよね？」

子供を適当にあしらうのではなく、きちんと丁寧に説明をする坂柳理事長。

その対応からも人間として出来た男であることは窺える。

「もちろんです。オレ個人と坂柳理事長の間に生徒と学校関係者以上の接点はありません。いえ、あってはならないと思っています」

そんなことで特別な枠に入れられることを、オレは誰よりも望んでいない。

「ならこの電話はもう終わるべきじゃないかな。今日のことは聞かなかったことに――」

「いいえ。それでは『不純物』を取り除けません」

その一言で、坂柳理事長に事態を飲み込ませるための合図、スタートとする。

「今、僕たちの間に不純物があると？」

「はい。その不純物とは、月城理事長代行のことです」

そして遠回りをしても得はないため、一気に本題を切り出す。

「……月城くんがどうかしたのかな」

僅かにだが声のトーンが変わる。

　思い当たる節があるからこそ、不純物＝月城の図式がすぐに脳裏に過ったはずだ。

「生徒同士が実力を競い合うための大切な試験で、月城理事長は私的に活動し妨害工作を行いました。坂柳理事長はそのことをご存知ではありませんね？」

「話の全貌が見えないよ。月城くんが試験に介入？　一体何のことだか……」

　あくまでも、表面上は知らぬ存ぜぬを装う坂柳理事長。

　こっちの真意が見えないのだから、当然の反応か。

「坂柳理事長に不正疑惑が持ち上がったのも、月城理事長代行の仕業です。公平な立場を重んじる坂柳理事長を邪魔に感じたのでしょう」

　電話の向こうで坂柳理事長は少し考えている様子だ。

　ホワイトルーム関係で繋がりがあるとはいっても、オレは一介の生徒。

　大人の事情を話す相手として適任ではないだろう。

　だが、全てがオレに起因しているのなら話は別だ。

　いやそんなことは坂柳理事長も早い段階から察しがついていたはず。

　しかし実害が出ない限り、何も行動は出来ない。

「どうして月城くんがそんなことを？　彼は元々上の人間だ。わざわざ僕なんかを蹴落とす必要はないんじゃないかな。この学校にきて試験を妨害する？　必要性が感じられない」

　これは最後の確認だ。

　オレと対等に情報を共有できる相手かどうかを見極めるための確認。

「月城の狙いは秘密裏（ひみつり）にオレを退学させることです。そのためだけにこの学校に来た」

こちらが理解していることを、ここで確実なものとさせておく。

「根拠があってのことでないなら問題発言だ」

「そうですね。しかし悠長に駆け引きをしている時間はありません。あの男は目的完遂のためには手段を選ばないでしょうから」

　理事長がどこまで父親のことを知っているかにもかかっている。

希薄（きはく）な関係であれば、そこに現実味は生まれにくい。

だが、これまでの電話の応対を見ていれば大体の予想はつく。

この坂柳理事長は父親のことを、父親の思考をよく理解している。

「先生が……お父さんが君を連れ戻すためだけにそこまですると？」

その根拠とも言えるセリフが、今のセリフだ。

オレはまだ月城の裏に父親がいるとは口にしていない。

それを確認するまでもなく結びつけていることが証拠だ。

「学年末試験で妨害工作があったと言ったね。何か実害があったというのかな」

当然ながら、坂柳理事長は今回の特別試験の裏側を知る由もない。

知っていれば、今頃何かしらのアプローチはあって然（しか）るべきだ。

「これからお話しします」

学年末試験で月城は、システムを掌握（しょうあく）しこちらの答えを改竄（かいざん）した。

プロテクトポイントを外させるために、1勝を奪いさった。

たかが1勝、されど1勝。

それは学年全体に影響を及ぼす不正行為。

もしもこの1勝があれば、オレたちのクラスは上位クラスにグッと詰め寄ることができていた。

オレが経緯を説明するに連れ、少しずつ応答が弱くなっていく。

たかだか1人の生徒を退学させるために、どんな手でも使うことが明確になったからだ。

そしてこれは終わりじゃない。

綾小路清隆という生徒が退学するまで続く、その始まりであることを意味している。

「と、そんなところです。信じていただけますか？」

普通なら生徒の戯言だと取られても仕方のない話でもある。

だが坂柳理事長はオレの父親を知っている。オレの過去を知っている。

おのずと勝手に結論を導き出してくれる。

あることもないことも含めて。

「信じるしかないだろうね。彼が君を退学させるためにウチに入り込んできたことを。新システムの導入は聞いていたけれど、まさかそんなことのために……」

名目は学校や生徒のためだが、その実はオレを退学させるための1つの手段に過ぎない。

「綾小路くんを取り戻すためには、なりふり構わないということか。君が僕に連絡してきた意味が理解できた気がするよ。生徒にはどうしようもない話だからね」

　一度状況を理解してもらえれば、坂柳理事長ならそう言うと思っていた。

「僕に助けを求めてきた、ということでいいのかな」

「似たようなものです」

　それを素直に認める。

　目には目を歯には歯を。

　学校側の戦いには学校側の人物をぶつけるしかない。

　まして理事長という立場にある月城とは普段接触することも敵わない相手だ。

「だけどその前に聞かせて……いや、確認させてもらってもいいかな」

「なんでしょうか」

　答えられることも答えられないことも、望む回答を用意する心構えを作る。

「試験の結果にまで介入する月城くんを相手にしなければならないのは、君にとっては非常に厳しい戦いだ。この先凌ぎ続けることが難しいと判断して僕に助けを求めてきたことからも、ピンチであることは疑うまでもないし。なのに君は随分と落ち着いているね」

　そしてこう続ける。

「もしも勘違いしているのなら、先に訂正しておきたいんだ。僕は君の期待に応えられる自信も、そして立場にもないよ」

　何を言いたいのかは分かる。

坂柳理事長の鶴の一声で、月城を排除できないか。

そんなことをオレが期待して電話をかけてきたとしたら。

だとしたらお門違いだと言いたいのだ。

「僕は今、不正疑惑を受けて謹慎させられている身。自分自身の窮地すら凌ぐことが出来ていない。そんな僕に過度な期待をされても困るよ」

だから焦りすら感じられないオレに対してハッキリとその部分を強調したのだ。

「確かに純粋な助けを求める電話であれば、そうだったかも知れませんね」

「……と言うと？」

「これまで、オレは極力目立たないことを信条としてこの学校で生活を送ってきました。それは普通の学生として3年間を過ごしたいと思って入学したからです」

それが入学前の目標。気持ち。ここにやってきた本心。

「生まれて初めて、オレは自分で目標を立て、そしてそれを実行しようとしてるんです」

「……うん。それはよく分かるよ。だから僕は君を受け入れた」

事情は知らなかったが、結果的にその好意にはとても感謝している。

「ですが、このまま理事長代行の介入を許せばその根幹を揺るがすことになる。今回はプロテクトポイントで助かりましたが、次に同じようなことを許せば退学は避けられない」

月城も当然、その立場を利用してこちらの想定を上回る手を打ってくる。

中途半端な対処では、学校側の不正に対して反撃することは出来ない。

つまりこれまでと同じようなスタンスではダメということだ。

「だから僕に助けを求めてきたんだよね？　それが違うと？」

「今回お電話した目的は、坂柳理事長に『月城』を止めて欲しいというお願いではありません。相手が掟破りの戦略を使ってくるのなら、こちらもそれに合わせて動く。結果的に、学校は騒動に巻き込まれるかも知れません」

「なるほど。つまり僕に電話をしてきたのは……」

「ええ。不測の事態が起きた時、後ろ盾になる存在が必要不可欠です」

月城の排除を頼みたいのではなく、月城を排除した時に生じる弊害の話。

刃物で刺してくる相手を刺し返した時、正当防衛だと認めてくれる存在が必要になる。

その時に学校側の手助けが必ず必要になるだろう。

そして、その時に切り札となりえるのが坂柳理事長ということだ。

月城を排除して疑惑を晴らせば、理事として復帰してくることは目に見えている。坂柳理事長としても、疑惑を晴らすためにピースとなりえるオレは歓迎すべき材料のはずだ。

ただ子供に期待を寄せて良いのか躊躇われる部分があるのだろう。

それを取り除いてやることが重要だ。

「だけど本当に月城くんを止められるのかい？　とてもじゃないけど一生徒には……」

「確かに理事長の権限を持つ月城は厄介です。生徒と違って試験で蹴落とすことも出来ない。その点は大きな違いです」

それに普段は姿を見せないため、攻撃を仕掛けることすら許されない。

一方的に仕掛ける時だけ自由に動けるcheatingな存在。

「ひとまず、こちらから仕掛けられない以上月城(つきしろ)の出方を窺(うかが)います」

「それで彼の攻撃を凌(しの)げるのかい？」

「必要な手立ては幾(いく)つかあります。まずは最低限の防衛網を広げる必要があるでしょう」

あの男の指示を受けているのなら、月城にもそう長い猶予はないはずだ。

悠長に1年も2年もかけて退学に追い込んでいたら意味がない。勝負に出るとしたら春休み明けの4月。そこでの攻防が中心だろう。そこを凌げば、こちらから仕掛けずとも必然的に月城は追い込まれる。追い込まれれば無理な一手を打たざるを得なくなる。

「タイムリミットこそが、ヤツの唯一にして最大の弱点となります」

こちらはその時に、万全の態勢で挑む。

「学校関係者に対する生徒の発言とは思えないね。普通の人が聞いたら激怒してもおかしくない……。だけど先生の息子さんだと知ったうえで聞くと不思議と受け入れられてしまう」

「敬うべき存在にはこちらも適切な態度を取ります。ですが、生徒同士で争う場所で強引に手を突っ込んでくる大人には容赦(ようしゃ)するつもりはありません」

坂柳(さかやなぎ)理事長は返事こそしなかったが、それを受け入れるように聞き流す。

「容赦しないとして、月城くんからの妨害をどうやって防ぐつもりなのかな」

どうやって防衛網を広げるのか、その手段を聞きたがっている。

やるべきことは決まっている。

不正を許さないためには、こちらも学校側の人間を使う以外にない。

「まずは、月城に対抗できる学校側の人間が必要不可欠です。監視の目が強まるだけで、一気に身動きを制限させられますから。今回のように楽には動けなくなる」

相手に楽をさせないこと、それは如何なる勝負事でも必須行為。避けては通れない戦略。

権力者である必要性はない。立ち向かう勇気を持った存在が求められる。

「そうだね、それなしでは始められないと僕も思う」

どうやら坂柳理事長も、自分が何を求められているかを理解したようだ。

学校側の事情をオレは知らない。誰が信用出来て、誰が信用出来ないのか。

月城という組織の偉い人間に対しても正義を貫ける人物がいるのかいないのか。

月城に寝返る可能性のある教師は引き込めない。

電話の向こう側で、坂柳理事長が考え込む。

人員の選択が運命を分けることが何よりも大切だと理解しているのは、坂柳理事長をおいて他にいない。

「担任の茶柱先生のことは、もう分かっているね？　僕が君を見守るようお願いしておいた存在だ」

「ええ。こちらの事情を少し知ってるようですね」

「うん。現実味のない話に対して、少なからず理解している存在だ」

使える使えないは別にして、な。

「オレも事情を知る者の無視は出来ないと思っています。彼女を基点に、信頼できる教師をこちら側に引き込めればベストです」

自分の父親が息子を退学させるために坂柳(さかやなぎ)理事長を失脚に追い込み、学校の試験を操作しているなどという話をしても誰も信じるはずがない。だが茶柱(ちゃばしら)が事の詳細を話せば話は変わってくる。

「それなら――――」

少し考えた後、坂柳理事長が出した答え。

「やはり1年Aクラスの真嶋(ましま)先生が適任だろう。君たち1年生の試験の担当者でもあるし、誰よりも生徒のことを考えている。子供たちのことを一番に優先する素晴らしい先生だよ」

「この現実味のない話に、リアリティを感じてくれる存在でしょうか」

「どうだろうね……すぐに受け入れられるとは思えない。だけど、このことが事実であると理解すれば必ず生徒側に立ってくれる。それは保証するよ。彼は権力に屈さず、そして信念を貫き通せる教師だ」

それ以上の適任者がいないなら、こちらから不満を言うことは何もない。

むしろ身近にそんな教師がいたのなら上出来とも言える。

「茶柱先生とは同期である点も期待できる。話を繋(つな)げるのも難しくないはずだ」

「分かりました。真嶋先生ですね。まずは茶柱先生に話をして話し合いを持てるように動いてみます」

「でも簡単にはいかないよ。学校の多くは人の視線、そして監視カメラで溢れてる。会うタイミングと場所は慎重に考えた方がいいね」

月城が四六時中オレを監視していることはない。とは言え、何かしらの警戒を持っていても不思議ではないからな。オレと真嶋先生が内密な話をしていれば、そこに疑いの目を向けられるのは避けられない。

普段どこにいるのか知らないが、月城はある程度自由に行動できる。こちらと不意のバッティングなんてことになったら笑えない。

「何か助言を頂けるなら、こちらとしては動きやすいんですが」

高度育成高等学校を、そして理事という職務を誰よりも知る坂柳理事長にアドバイスを求める。

「早急に動くなら……そうだね、卒業式が終わった後は、3年生と教師たちが集まっての謝恩会が開かれる。そこには理事長も毎年参加する決まりだ。つまり月城さんも必ず参加する。興味があろうとなかろうと、責務は果たすだろう」

「理事長としての職務を怠慢にこなせば、学校からの批判も強まりますしね」

「うん。そういうこと」

好き勝手動くためにも、月城は坂柳理事長よりも出来る男を演じなければならない。

つまり監視の目が必然的に緩む瞬間。

「1年生の担任も参加されるのでは？」

「謝恩会は表向き1時間ほどとなってるけど、例年少し延長して90分を目安にしているんだ。20、30分先生が2人消えても、それほど問題は生じないんじゃないかな。席を外すことは普通に起こりうることだし、基本的に必要とされる先生は3年生の担任だし」

密会を行うに適したタイミングは卒業式の後、謝恩会の時か。

「場所は――応接室がいいんじゃないかな。応接室には監視カメラもないから。それを利用するのが一番かも知れないね」

つまり会っていた明確な記録が残ることはない。

教師たちに生徒の寮に来させるわけにもいかないしな。

「こちらは、その提案に異存ありません」

その方向で話し合いの場を設けることに賛成する。

「最初の一歩。茶柱先生には、僕が簡単に連絡しておくよ。だけどどこまで話すかは君が判断するんだ。そのうえで説得できないようなら、諦めてもらうしかないと思う」

「十分すぎるほどです」

坂柳理事長からの連絡ともなれば、茶柱も、そして話が行く真嶋先生も無視できない。

この電話で得られる可能性のあった最大限のアシストを貰えたと言える。

「夜分遅くに、突然のお電話失礼しました」

「いいんだ。――あ、最後に1つ、僕から余計なことを聞いても良いかな」

「余計なこと、ですか」

「君が普通の生活を夢見てこの学校に来てくれたことは素直に嬉しく思う。でも、卒業後のことは何となく考えているのかな？　何がしたいとか、どこに進みたいとか」

そんなことを聞いてくる坂柳理事長。

「どこまでご存知かは分かりませんが、オレの運命は決まっています」

「……それはつまり……」

その反応だけで十分だった。

「卒業後、オレはホワイトルームに戻り、そしてそこで指導者としての道を進むことになるでしょう。あの男もそのためだけに、ここまで育ててきたわけですしね」

この学校を出てしまえば、オレを守る防壁はどこにもなくなる。安アパートの一室、夜襲でも何でもしてホワイトルームに連れ戻すことは、難しくないだろう。

「君は運命を受け入れた上で……その上で、今ここにいるんだね」

「だからこそ、この3年間を守り通すつもりでいます」

簡単に言えば反抗期のようなもの。

父親の命令を拒否して、やりたいことをやっている。

「君にとってこの学校が生涯忘れることのない良い記憶になることを願うよ」

「ありがとうございます。そのつもりです」

坂柳理事長との通話を終え、オレは一息つく。

どこまで信用していいかという部分はあるが、少なくとも月城側でないことだけは確か。

あとは娘が学生で、オレの同学年であるというのも優位になるだろう。

4

それが、オレと坂柳理事長との昨日のやり取り。

そして今、まさにセッティングされた応接室に向かっている途中だ。

どこかで合流していくという流れではない。

辿り着いた応接室前。

既に誰かが来ているのか、あるいはオレが一番乗りか。

「失礼します」

ノックをしたのち、応接室に足を踏みいれたオレは茶柱に迎え入れられた。

窓際に立ったままこちらへと視線を向けてくる。

「早い到着だな綾小路。時間まではまだ10分以上ある」

「あまり時間がギリギリになってもと思いましてね。そちらも早いみたいで」

こちらを窺うような眼差しを向けつつも、言葉を選んでいる様子の茶柱。

坂柳理事長から話を聞かされた時、どんな風に考えたのかは大体察しがつく。

ソファーは空いているのに両者座らない不思議な状態が出来上がる。

「真嶋先生は？」

「声はかけてある。私と一緒に抜けるわけにもいかないからな。しかし、おまえも思い切ったことをしたものだな綾小路。平穏な学校生活を送りたいんじゃなかったのか？」

真嶋先生が現れるまでの間、茶柱の言葉遊びに少しだけ付き合うとするか。

「最初にその平穏を乱しておいて、随分な言いようだな」

「事情はどうあれ教師に対する態度とは思えないな。改めるつもりはないのか？」

「教師にあるまじき行動を取っておいて、随分と都合の良い話だな」

何でもない一介の生徒であるオレを脅してまで、Ｄクラスを上のクラスに引き上げさせようとした。そのことに対してオレは不信感……いや嫌悪感を強く抱いている。

茶柱はどこかバツが悪そうに視線を外す。

「確かに、それは否定できないな」

それだけ内心ではＡクラスへの想いが強かったというわけだが。

坂柳理事長に信頼されて頼まれた手前、表立ってオレを使うわけにはいかなかったのだろうが、もっとうまく立ち回るべきだったな。

いや――どんな方法で来ていたとしても同じことだったか。

茶柱からの説得で態度を軟化させることはなかっただろう。

とは言え1年経って、こちらの事情も当初からは大きく変わってきた。

「おまえには嫌われている。だが、何故(なぜ)私に声をかけた、綾小路(あやのこうじ)」

自分がこの集まりに呼ばれたことが不思議でならないらしい。

真嶋(ましま)先生を引き入れるための駒とはいえ、確かに外すことも出来た。

あえてそれをしなかった理由を知りたがるのも無理はない。

「少なくともあんたを好きじゃないことだけは確かだ」

「そのようだな」

感情はどうあれ利用できる状況は何でも利用しなければならない。

何故なら、好き嫌いと損得は全く別の問題だからだ。

茶柱(ちゃばしら)がいることで真嶋先生の説得が1ミリでも優位に運ばれると判断したからこその今。

「どこまで聞いた？」

「私から真嶋先生に声をかけ、この集まりの場をセッティングすること。そしておまえから重要な話があるので協力してやって欲しい、ということだったが……」

まだ月城(つきしろ)については何も聞かされていないか。

理事長は完全にこちらに、全ての権利を与えてくれるつもりらしい。

「それで？　私たちに何の用だ」

「それは真嶋先生が来てから。二度話すのは手間なだけだしな」

「どんな話かは知らないが、私に協力を要請(ようせい)するのならそれ相応の態度があるだろう？」

これまで防戦一方だったからか、茶柱はそんな風に抵抗を見せてきた。

「坂柳理事長の指示には教師として基本的には従うが、絶対ではない。意味は分かるな？」

「そんなにオレの態度が気に障るのか」

「ああ、障るな。ある程度優秀だろうとまだ高校1年生だろう？　それに、クラス対抗とはいえ学年末試験では坂柳に後れを取って敗北した。私が期待していた掟破りの実力は保持していなかったことになる」

期待通りの実力者じゃなかったことに、勝手に落胆しているということか。

「実力があれば多少の言動は大目に見る。だが、格付けが済んだなら話は別だ」

Aクラスである坂柳に勝てなければ茶柱の理想は叶えられない。

いつまでもオレにマウントを取られたまま、黙っていられないらしい。

教師である茶柱だが、今回の件は普通の職務内容からは逸脱したものになる。

話の内容次第では拒否することも、当然できる。

そして場合によっては、月城側につくことも出来てしまうだろう。

オレが完全にコントロール下から離れたことをアピールし続けても、逆効果。

ある程度の知恵があるようで安心しつつ、オレは一度息を吐く。

「分かりました。一度態度は改めます、茶柱先生」

「なに？」

あっさりと肯定して見せたことに驚く茶柱。

あの程度の抵抗で、こっちが折れてくるとは思わなかったのだろう。

この後の話に繋げるためでもあるが、オレを手懐けられる可能性を残してやる。

いや、その可能性だけでは茶柱が全面から信頼することなど到底できるはずもない。

内心ではオレが舌を出しているんだろうと、勝手にイメージしているだろうからな。

オレという存在がDクラスにとってプラスであることを押し出していく。

「少し考えが変わりましてね。4月からは本気でAクラスを目指すつもりです」

「何の冗談だ？　この場を設けたこともそうだが、いったい何を考えている」

「本当の話ですよ。2年の終わりにはDクラスやCクラスの枠を出ている予定です。流石にクラスポイントの差がありすぎるので、2年生の間にAクラスに上がれる保証は出来ませんが……。Bクラスは手堅く取るつもりでいます」

それは茶柱にとって、本来一番望んでいるモノ。

Dクラスが Aクラスに上がること。

かつて、この学校で誰も成しえたことのない領域。

「目から鱗、だな……。だが口約束などいくらでもできる」

「確かに。ですがAクラス行きの切符は手元に残したいんじゃないですか？」

切符が本物にせよ偽物にせよ、手ぶらよりは遥かにマシだ。

「さっきも言ったが、おまえはAクラスとの学年末試験で負けた。3勝4敗と善戦はしたが負けは負けだ。運が大きく絡む試験とはいえ、それを言い訳にさせるつもりはない」

改めて買い被り過ぎていたことを強調される。

「どんな相手、どんな試験でも勝って見せる。それくらいの過度な期待を抱いていた」

実に身勝手な幻想を抱いてくれていたものだ。

「今日、この後の集まりでその真実も見えてきますよ」

「真実が見える……？」

「話を最後まで聞いたうえで、オレの実力が信じられないなら好きにすればいい」

「それはどういう――」

追及しようとする茶柱だったが、応接室に響く力強いノックに言葉が遮られる。

「……はい」

茶柱が返事をすると、真嶋先生が応接室へと入ってきた。

「既に集まっているようだな」

そして――

「御機嫌よう」

Aクラスの生徒、坂柳有栖。

彼女もまた、真嶋先生と同行するように姿を見せた。想定外の来客。

こちらから呼んだ覚えはなかったが、真嶋先生が声をかけたとも考えづらい。

「私はAクラス。真嶋先生と一緒のところを誰かに見られても差し支えはありません」

言うまでもないだろうが、とフォローを入れる坂柳。

「茶柱先生からの通達を知っていた。今回の件にも関係があると言われ連れてきたが……」

坂柳理事長は、娘の方にオレからの電話を受けたことを話したのだろう。

念には念を。オレが本当に娘を経由して連絡してきたのか裏取りをしたってところか。

しかしこの場に坂柳が現れた理由と関係があるのかどうか。

何かしらの役割を仰せつかったのか、あるいは単なる好奇心か。

十中八九後者だろうな。

「問題ありません。想定内です」

オレは来客を歓迎すべき対象として受け止め、そう答える。

坂柳はクスリと笑い軽くこちらに会釈。

その後、茶柱の方には一切視線を向けることもなく応接室の扉を閉める。

坂柳がこの場に現れたことに茶柱は理解力が追いつかないようだ。

いや、それは真嶋先生も同じだろう。

ともかくこれで、必要な人間は揃ったことになる。

限られた時間を有意義に使わないとな。

「俺に話があるそうだな、綾小路。わざわざ坂柳理事長からの通達に加え、謝恩会を抜け出しての密会のような真似事……余程のことなんだろうが、どういうことだ」

「これからお話ししますよ」

オレは2人の教師に対し、まずは座るように促した。

しかし真嶋先生はまず坂柳に座るよう指示をする。

る。

「ではお言葉に甘えて」

足にハンデを負う坂柳を座らせ、真嶋先生は立ったまま腕を組んだ。

自身が座るかどうかは、話の内容が見えてからということだろう。茶柱もそれに合わせ
3人の視線がオレに注がれる。

謝恩会を抜けていられる時間は精々20、30分。非常に限られた時間だ。

単刀直入に話すつもりだが、果たしてどのタイミングで理解が及ぶか。

一度や二度の話で、簡単に理解されるほど状況は現実味を帯びていないからな。

時間を惜しみ、オレは月城理事長代行の話を始めることにした。

「忙しいタイミングに集まっていただいたのは月城理事長代行に関しての重要な話です」

「……月城理事長代行に関しての重要な話？　一体何を言っている」

冒頭から想定外の話を切り出され真嶋先生は困惑の色を強める。

突拍子もないことを生徒が言い出せば、そんな顔をするのは当たり前の反応。

茶柱も同様に話についていけていないようだったが、この場に現れた異例の人物である
坂柳へと一度視線だけを向けた。そんな視線を坂柳は正面から受け止め、不敵に笑う。

おまえたちより、私の方が詳しい事情を知っている。

そんな愉悦さえも感じさせるような表情を見て、実に坂柳らしいと思った。

「学校の在り方そのものを揺るがす、見過ごせない事態が今引き起こされています。お二

人にはその事態を収束させるため、極秘裏に手を貸していただきたいと思っているんです」

「大切な話があると聞いていたが……私をからかっているのか？　茶柱先生」

そんなことはないだろうと思いつつも、真嶋が茶柱に説明を求める。

「からかったつもりはない。私が星乃宮先生のような無意味なことをするとでも？」

「それはそうだが、この状況に全く理解を示すことが出来ん。今は謝恩会の最中だ」

本来は卒業生たちと最後の交流を行える貴重な時間。

子供の妄想話に耳を傾ける余裕はないと、一蹴しようとする。

「綾小路は何をしようとしている」

「さあ。説明しようにも私からは不可能だ。昨日話したように、私も坂柳理事長から指示を受けてこの場を用意したに過ぎない。同じように理解できる説明を求めている」

両者から疑惑の目を向けられる。話を前進させてもらうとしよう。

「今現在、坂柳理事長の不正疑惑が持ち上がって謹慎していること、そして月城理事長代行がこの学校にやってきた原因がオレにあると言ったら、真嶋先生はどうお考えになりますか？」

「なに？」

本題に触れるも、簡単には状況は進展しない。

それどころか真嶋先生のこちらに対する疑惑は深まっていく。

「全く理解できない話だ。綾小路に原因があるとは？」

当然、そういう反応になるだろう。

学校の仕組みそのものが個人の在学退学に振り回されているとは頭の片隅にすらない。

やはり、まずは学年末試験の内容に触れていくべきか。

「経緯からご説明します――」

オレが学年末試験のことに触れようとした時、坂柳の手が上がった。

「僭越ながら、全てお話ししても構わないのなら私から切り出させていただけませんか」

この状況を予期していたかのように、坂柳がそう申し出る。

「おまえも事情を知っていると言っていたな坂柳」

「ええ。少なくとも先生方よりは詳しいと自負しております」

早速坂柳が動いた。当人から話すよりも、事情を知る人物からの発言の方が周囲の理解が早いと踏んだのかもしれない。オレが軽く頷くと坂柳は真嶋先生へと視線を移す。

「それは坂柳理事長に事情を聞いた、ということか？」

「いいえ。私が個人的に知っているだけのこと。綾小路くんとは――そうですね、分かりやすく言えば幼馴染のような関係ですので」

楽しそうにそう説明する坂柳。そんな言い方でどうなるものかと思ったが、教師たちにとっては意外と驚く表現だったようだ。

「幼馴染……まさかそんな関係だったとはな」

その事実を口にする茶柱に、坂柳は補足する。

「あくまでも『のような』関係ですが。ともかく、一度ご説明しましょう」

一度幼馴染の話を区切ると坂柳が説明を始める。

「先日行われた学年末試験。私と綾小路くんが司令塔として戦ったことは記憶に新しいと思います。そして最後のチェスで私が勝ったことによって勝敗が決したことになっています」

それが学校の知る結果、真実。

「それがどうかしたのか」

当然、そのことを真嶋先生も茶柱も疑っていない。

「もしも――あの時の勝負に横やりが入っていたとしたら？　そして、それが原因で勝敗が変わってしまい、結果に大きな影響を与えてしまっていたとしたら？　非常に大問題だと思いませんか？」

「試験は厳正に行われている。問題になりようもない」

「それは何をもって厳正だと言えるのでしょう。お二人ともあの試験では不在でしたよね？」

自分たちの受け持つクラスから担当教師は除外されることになっていたため、ここにいる茶柱と真嶋先生は一之瀬のクラスと龍園のクラスを担当していた。つまり試験は見ていない。

「本来なら、チェスによる勝負は私が負けていました。綾小路くんの勝ちだったんですよ」

「チェスが綾小路の勝ち？　いやだが、私は結果を見た。もちろんその過程もだ」

その話に真っ先に食いついたのは、真嶋先生ではなく茶柱だった。

チェスでの敗北で再びDクラスに転落したのだから、気になっても無理はない。

「まだ分かりませんか？」

そんな教師陣を試すような言い方で、坂柳は真嶋先生と茶柱に問う。

「何を言っている。まさか月城理事長代行がチェスの結果をひっくり返したとでも？　坂上先生と星乃宮先生とも試験後に会議を行ったが、何一つ問題点は指摘されていない」

「結果をひっくり返したのではなく、過程を変えたんです。常識の枠に囚われていては真実は見えてきません。司令塔の送った指示は直接生徒には届かず、一度学校側に審査されてから後、インカムを通じて知らされる仕組み。不正を防ぐ意味では理にかなったシステムですが、逆に言えば学校側による自由な改変も許される」

ここまで言えば分かりますか？と、坂柳は少しずつ2人に理解させていく。

真嶋先生が、そこで初めて月城理事長代行と試験についてのある疑問符を頭に過らせる。

「大がかりな設備を利用しての試験は、先生方にとっても異例だったはず。それもそのはずでしょう。アレは月城理事長代行が試験に不正介入するために急遽用意したものなのです」

坂柳は、嘘やハッタリも絶妙に織り交ぜている。

どこまで月城が計画したものであるか、その詳細は月城にしか分からない状況だからだ。

事実確認をせず憶測で都合よく解釈して、あたかもそれが真実であるように話す。

その言葉に淀みはなく、教師たちには事実のように聞こえていることだろう。

しかも間髪入れず発言を続けるため、真嶋先生も茶柱も、情報過多で扱いきれないまま坂柳の話は進んでいく。真実としていったん脳が処理を始めてしまう。

「彼が最後に入力した1手と、実際に堀北さんに届いた音声──つまり機械によって読み上げられた1手の内容は異なっていたということです。綾小路くんの考えた1手が採用されていれば、負けていたのは私でした。この意味がご理解できますか？」

処理能力を試すように、坂柳は微笑む。

それくらいは分かりますよね？と強制的に答えを1つに絞り込ませて。

「月城理事長代行が──裏で手を回したと？」

「退学を目論むあの方にとって、綾小路くんの持つプロテクトポイントは邪魔ですから」

2人の教師が黙り込む。

しかし、すぐに真嶋先生は声を上げる。

「坂柳の言ったことに間違いはないか、綾小路」

「はい。合っています」

「両名が口を揃えて訴えていることには一定の信憑性があることは認めよう。俺も1年間担任として坂柳の性格や考え方は理解してきているつもりだからな。仮にわざと綾小路に勝たせようとしていたのならチェス等も含め試験を適当に投げ出すだけで済んだ話。自身の評価を下げる覚悟をして、綾小路を持ち上げるメリットはない」

Ａクラスのリーダーである坂柳が、嘘をついてまで自らの負けを認める利点はない。真嶋先生の言うように、もし私的な理由でオレを勝たせようとしたのなら、時間切れでも何でも、幾らでも確実に勝ちを譲る方法はあった。

わざわざこんな場をセッティングして、信憑性の疑わしい話をする必要性はない。

「しかし、だ。話の筋は見えたが、それが真実であるかどうか第三者が確かめる術はどこにもない。そうだろう？」

笑われてもおかしくない与太話とも取れる坂柳の発言に、茶柱がそう返す。

「俄かには信じられない話……真嶋先生はどう考える」

茶柱が、険しい顔つきで話を聞く真嶋に、意見を求める。

「どう考えるも何も、今の材料だけでは到底受け入れられるような話じゃない」

真嶋先生が一歩後退しそうなところで、茶柱がそれを止める。

「私個人の意見では、２人の話には一定の真実が含まれていると思っている。月城理事長代行が来てから、どうにも学校全体の様子がおかしい」

「単純に月城理事長代行が気に入らないから、などという個人的な感情であれば考慮にも値しない。あるいは自分のクラスの勝ちを信じたいという妄信も同義だ」

生徒側に立った茶柱に、真嶋先生が厳しい言葉をぶつける。

そしてすぐ生徒であるオレたちにもぶつける。

「2人とも証拠を示せるんだろうな?」

「私たちが直接月城理事長代行から不正したことを聞かされたと言っても、真嶋先生は信じて下さいませんよね?」

「……当然だ」

裏で不正行為を働く人間が、自らその行為を露呈するわけがない。

その話をしたところで響かないのは分かりきったこと。

「月城理事長代行ほどの人間が動いてまで、退学させようとする子供がいるなどと想像がつかないのが本音だ」

「そうでしょうね」

「生徒を疑いたいわけじゃない。こんなところで無駄に嘘をついても得がないであろうことが分からないほど、おまえたちが愚かだとも思わない。だが根拠に、証拠に乏しい」

信じてやりたいが信じるにたるソースがなければ、真嶋先生は納得しないだろう。

「おまえは何者だ、綾小路。それを俺に教えてくれ」

真嶋先生がその疑問をぶつけてくることは、時間の問題だった。

坂柳理事長を汚職疑惑で謹慎にさせ、月城という人間が送り込まれてきた。

そしてその月城は、ただオレを退学させるためだけに動いている。大切な試験に不正関与してまで、それを遂行しようとしているのだから疑問を抱くのも必然だ。

自分の口で説明するべきか、あるいは任せるべきか。

オレが答えないでいると、真嶋(ましま)先生の目は茶柱(ちゃばしら)へと向けられる。

「おまえは綾小路(あやのこうじ)のことを知っているのか？」

先ほどオレたちの発言に一定の真実が含まれていると言った茶柱に真嶋が問う。

「……正直に話せば、私も触りだけしか知らない」

こちらを窺(うかが)うような視線を向けてきたが、オレはそれを涼しく流す。

ここで茶柱の知る浅い情報を晒(さら)されたところで何のデメリットもない。

「入試の筆記試験、綾小路の結果を私は見た。全科目50点という珍妙な成績のな」

「全科目50点……。つまり意図的に揃(そろ)えたということか」

「調べれば真嶋先生にも分かるだろう」

「フフッ。随分(ずいぶん)と面白いことをなさっていたんですね」

「だがそれだけで何かの証明になるわけではない。通常通りに考えれば、入学するために手を抜く生徒はいないが、ある程度の学力があればほぼ均等に点を取ることは難しくないだろう。事実当校の入試問題の配点方式は非常にシンプルだ」

「まだある。綾小路が入学する際、坂柳(さかやなぎ)理事長から特別な生徒だとだけ聞かされていた」

「坂柳理事長から……？　それがこの場に茶柱先生がいる理由ということか」

茶柱が頷(うなず)き、その時のことを話し出す。

「担任として、綾小路に不都合があれば報告するように頼まれていたからな。そこにいる綾小路清隆(きよたか)、その父親は非常に権威(けんい)ある人物だ。そして、この学校への入学を望んでいなかった。坂柳理事長の計らいで、半ば強引に入学を許可したと聞いている」

「保護者の許可を取らず入学を認めたのか。坂柳理事長も強引なことをするものだ」

普通の子供なら、親の許可があって初めて高校への進学が可能になる。

義務教育を外れるといっても、子供が好き勝手出来るほど世の中は甘くない。

「私の父と綾小路くんは面識があります。だからこそ、綾小路くんの置かれた不遇を憂えて行動したのでしょう。しかし、それがここにきて問題になりつつあるということです。月城理事長代行という存在が近づき、父を捏造による不正疑惑で謹慎させ、綾小路くんを退学にしようとしているのです」

この点が、何よりも真嶋先生にとって引っかかる部分だろう。

「父親が息子の強引な進学に反対し、月城理事長代行を送り込んだ……か」

中途半端な権威では、到底不可能なこと。

「そんなことをせずとも直接学校側に抗議すれば済む話だ」

「既に父親は綾小路と坂柳理事長に接触を済ませている」

「つまり、退学するよう綾小路自身に保護者からの通告はあったと見ていいわけだな？」

「はい。茶柱先生の言うように、オレは坂柳理事長と父親を交えこの応接室で面談しています。廊下に設置された監視カメラ映像を遡れば、事実だと確認できます」

「その上で綾小路が残っているということは、理事長含め退学を拒否したということか」

「そうです」

真嶋先生が確認し、茶柱が頷く。

「坂柳理事長は生徒の意思を尊重した。それでいったんは収束したが……まさか月城理事長代行が綾小路を退学させるためだけに送り込まれた存在とは想像もしていなかった」

そう振り返る茶柱に対して、坂柳も同意する。

「無理もないことです。茶柱先生は何も知らないのですから」

「おまえは随分と詳しそうだな」

「ええ。私の方が茶柱先生よりもずっと綾小路くんのことに詳しいですよ」

そんな必要のないマウントを取りに行く坂柳。

「予定になかった私がこの場に現れても、拒否しなかった彼を見れば一目瞭然でしょう?」

有無を言わさぬ事実だけを突きつけ、坂柳は誇るように笑った。

「やっと、俺にも話の全体像が見えてきた。少なくとも父親が息子を連れ戻そうとしていることは本当のようだ」

話の状況をだいぶ理解した真嶋先生ではあったが、まだ事態の納得には至らない。

「しかし……。綾小路の父親がどれほどの権威を持っているのかは知らないが、こんなやり方をしてまで退学させようとしているのは何故だ。そこにリアリティが欠けている」

「綾小路くんが、他の凡夫たちには無い素晴らしいスキルの持ち主だからですよ」

「先日の綾小路の選抜種目試験の結果は見た。フラッシュ暗算、そしてチェスの技量に関してはかなりのものであることは間違いないだろう。だが優秀な生徒は他にも大勢いる。

特別視するほどのことではないはずだ」

「真嶋先生。ご自身を納得させようと模索することを否定はしません。しかし、いい加減今起きていることを理解しては如何ですか。入学前から私の父は彼に目をかけ、そして月城理事長代行が不正をしてまで退学にさせようとしている。それが現実であり唯一の真実です」

腕を組み、真嶋先生は一度目を閉じる。

「既に真嶋先生の中にも結論は出ているはず。証拠などはこれから探せばいいのです」

しばらく沈黙した後、目を開きオレと坂柳、そして茶柱を見る。

「そうだな……。意に反した息子の進学が気に入らず、何とかして退学させようとしていることまでは信じよう。だが素直に協力する気になれない。その理由は分かるな?」

オレたちが表面上の話しかしていないことを真嶋先生はよく分かっている。

「すべてを話すつもりはないのだな?」

今回の話を整理し、世間に知られたくない事情があることは感じ取ったようだ。

それくらいの深読みをできるくらいでなければ、こちらとしても困る。

「そうですね。話しても仕方のないこと、いえ意味のないことです」

ホワイトルームの話を一からしたところで、大人には理解が及ばないものだろう。

常識的に考えれば、あの男がおかしなことをしているのは明白。

それに、ここで声をあげてホワイトルームの話をしたところで真実にはたどり着けない。

徹底的な根回しの末揉み消されることは確実だからだ。

なら、そんな無駄な工程を踏む必要はない。

「もし俺が協力を断ればどうする」

「泣き寝入りするつもりはありませんが、月城理事長代行への対応には苦慮するでしょうね。学校側なら試験だろうとなんだろうと不正をすることは簡単でしょうし。事実、種目選抜試験ではそれを許してしまっている」

生徒だけで阻止するのはほぼ不可能なやり口だ。

あとは真嶋先生がそれを見過ごせる人間なのかどうか、それを問うだけ。

「俺を試そうというのか、綾小路。……いいだろう。今後行われる特別試験や筆記試験など、月城理事長代行の不正関与を許す真似がないように善処しよう」

話し合いの中、ついに真嶋先生がこちら側へつくことを口にする。

「真嶋先生。それが簡単なことじゃないことは分かっているんでしょうね？」

受け入れた真嶋先生に対し、茶柱が苦言を呈す。

「不正をしているのが事実だとしても、下手をすればこちらの首が飛ばされる」

茶柱がそう言いたくなる気持ちは分かる。

月城への反抗は即ち、教師生命を脅かすことにもなる。

中途半端な正義感だけでは、到底戦える相手ではない。

「まだ完全に信じきったわけじゃないが、綾小路たちの言っていることが真実なら由々しきことだ。学校側が不正に試験内容や結果を変えていいはずがない。やる以上は徹底する」

「しかし真嶋先生は、今あまり厄介なことに拘わらないほうがいいのでは？　選抜種目試験のルール違反で、今朝減給を言い渡されたばかりでしょう」

面白い発言だと思ったのか、坂柳がそれに食いつく。

「ルール違反で減給？　何をされたのです」

「おまえたちに話すようなことではない」

「DクラスとBクラスの試験内容に抵触するからですか？　遅かれ早かれ、私たちの耳に詳細は入ることとです。それに、今話している月城理事長代行の不正疑惑に関係しているのなら、懸念材料はこの段階で話しておいて頂かないと。あとで問題になりかねませんよ？」

「今回のこととは一切無関係だ」

話そうとしない真嶋先生に代わり、茶柱が声をあげる。

「私が話そう。Bクラス対Dクラスの選抜種目試験、最後に選ばれた種目にはDクラスの柔道が選ばれた。そして生徒は山田アルベルト。Bクラスの一之瀬はこの時点で戦意喪失し、出場すべき生徒を選ぶことが出来なかった」

「山田くん相手では無理ないですね。彼に柔道で勝てる1年生はまずいないでしょうし」

「一之瀬も、当然柔道で戦ってもらう生徒は決めていたはずだ。だが、あのままランダムに生徒を選び出していればどうなったと思う。不測の事態になると誰もが気付いたはず」

時間切れになれば種目参加していない生徒が選ばれる。

男子だけじゃなく女子も例外じゃない。

「あっさりと負けてくれるなら良いですが、仲間思いのBクラスですからね。一之瀬さんのために、選ばれた生徒は全力で立ち向かっていった可能性があります」

相手が誰であれ、アルベルトが全力で叩きのめすことも十分考えられる。

そうなれば、大きな事故にも繋がりかねない。

「だから独断で真嶋先生は不戦敗のジャッジをした。その点が月城理事長代行は気に入らなかったのだろう」

それで減給処分か。ルール違反と言われれば、確かにルール違反だ。

「その件も今回の件も同じだ。生徒にとって危険と判断すれば止める。不正があれば正す。教師が生徒に教えていることを守らないでどうする」

そのためなら、自らの進退を揺るがすことになっても後悔がない。

「止められないようだな」

「常に覚悟を持って、俺は教師を続けている」

言うだけなら簡単だが、真嶋先生は有言実行できる逸材のようだ。

「おまえの……いや、真嶋先生の決断がそこまで固いのなら、これ以上言うことはない」

「ひとまず交渉成立と言ったところでしょうか」

坂柳からオレに言葉が向けられ、オレも頷いて答える。

これ以上真嶋先生への説得は無意味と判断したのか、茶柱は引く。

「真嶋先生が首を縦に振ったのなら私も協力しよう。構わないな？　綾小路」

「こちらの陣営が1人でも多いことは歓迎すべきことなので」

「この話はここで一度留めておく。けして口外しない。それで問題ないな？」

「もちろんです」

真嶋先生も茶柱も、月城の不正疑惑を実際に見ているわけではないからな。

それに囲い込む教師が増えれば、それだけ情報が洩れることにも繋がる。

不正を暴こうと動いていることを気づかれれば、当然月城は警戒心を強める。

「私もひとまずは綾小路くんの味方につくつもりです」

「坂柳。綾小路の事情を知っているからと言って特別視するのは問題だぞ」

「何を仰っているのですか？　彼を特別視するのは当然のこと、いえ権利です」

真嶋に対して、真っ向から反論する。

「……権利だと？」

「そうです。クラス別に争い合う制度とはいえ、当然様々な事情が交錯しあうもの。他クラスの友人や恋人のために裏切る生徒、金銭で協力し合う関係。あるいは脅し。感情1つでクラスの垣根を越えた協力関係になることだってある。この学校はずっとそうだったのではありませんか？　いいえ、社会全体で見ても変わりないでしょう。違いますか？」

誰にだって特別視する相手くらいはいる、それを止める権利は無いと坂柳は主張する。

「私がAクラス全員を見殺し、綾小路くんだけを救い上げたとしても、それを先生方に非難される謂れはありませんね。恨んで良いのは犠牲となった生徒たちだけです」

坂柳の言葉に真嶋先生は不服を覚えただろうが反論はしなかった。

「ですが――必ずしも特別視が、彼の歓迎するものであるかどうかは別でしょう」

「どういうことだ」

「代行を排除するまでの間は静観しますが、それ以降の話は別だということです。それに、Dクラスが A クラスにとって邪魔となる場合には、いつでも容赦なく叩き潰します」

「そうか。それならいい」

強い意志を持って臨む坂柳を、真嶋先生は受け入れる。

「改めて確認しておくが、月城理事長代行が不正をした証拠はどこにもないんだな？」

「既に抹消されたでしょうね。今から探りを入れても無意味かと」

わざわざ証拠を残すような間抜けな真似はしない。

「なら、やはり次の出方を待つしかないようだな」

2年に上がった後の試験など、オレたちよりも教師側は深く知っている。

月城がどう出てくるかを考えるのは真嶋先生たちに任せることにしよう。

「そろそろ30分を超える。いつまでも謝恩会を抜け出しているわけにもいかない。まずは生徒のおまえたちが出るんだ。こっちは後でバラバラに退室する」

「分かりました」

オレと坂柳は同時に応接室から出て、廊下へ。

そして2人で歩き出す。

「思い切った判断でしたが、真嶋先生を仲間に引き込めたのは大きなプラスですね。1年生の総括役であれば、誰よりも月城理事長代行に近づけますし」

「ああ。完全に防ぎきれないとしても、抑止力になれば十分効果的だ」

「正義感の強すぎる点が、やや気がかりでしょうか。アレはマイナス評価ですね」

「そうだな。頼もしい反面、それが足を引っ張ることもある」

「深く突っ込みすぎれば、容赦なく真嶋先生の首は飛ぶでしょうね。まぁそうなってしまうような人物なのであれば、遅かれ早かれではあるのでしょうけれど」

そう話す坂柳の横顔は、とても幸せそうだった。

「楽しそうだな」

「楽しいですよ。綾小路くんは楽しくありませんか？」

「どうかな。こっちからすれば面倒事だからな。おまえがここに来たのは——」

「はい、楽しそうだったからです。ご迷惑でしたか？」

すぐにそう認める坂柳。

「いや。おまえが来たことで真嶋先生に対する説得力が上がった。感謝してる」

「それは良かったです」

こっちを向いて、坂柳が笑う。

「それに、学校側の不正で何度も勝負を邪魔させるわけには参りませんからね」

月城(つきしろ)のやった不正に対し、坂柳(さかやなぎ)は強く憤慨していた。

徹底して戦い、排除する方向で動いていくだろう。

「今敵は油断しています。早々にケリをつけるべきでしょう」

月城からしてみれば、オレたちはたかだか高校生。何が出来るのだと高を括(くく)っている。

そこに隙(すき)が出来る。

「綾小路(あやのこうじ)くん。当面の間、月城理事長代行の排除に尽力(じんりょく)されてくださいね」

「それなら遠慮なくそうさせてもらおうか」

信用できるかどうかを天秤(てんびん)にかける必要はないだろう。

これまで接してきて、坂柳の性格は十分に熟知したつもりだ。

5

生徒2人が去った後。

真嶋(ましま)は茶柱(ちゃばしら)に対して率直な意見をぶつけた。

「俺にはまだ、少し理解が及んでいないところがある」

「それは私も同じです真嶋先生。しかし、実際に綾小路の言っていることは真実でしょう」

「生徒1人のために学校の仕組みにまで手を入れる、か」

どれだけ現実だと周囲に促されようと簡単に理解できることではないと真嶋は嘆(なげ)く。

「実際に綾小路を1年見てきた茶柱先生の目にはどう映った」

「それは難しい質問ですね」

長居するわけにもいかず、２人は綾小路と坂柳が出て1分ほどして応接室を出る。

「一見すると無気力で無頓着。どこにでもいそうな目立たない普通の生徒だ」

それは他クラスの担任を受け持つ教師も似たような印象を抱いていただろう。

現に印象は薄い。名前と顔が何とか一致する程度の存在。

「だが大人相手にも動じず、全てを見透かすあの目は、とても子供のそれとは思えない」

「俺にはまだ、半信半疑だがな」

「確かに。高校1年生、と言ってしまえばそれまで」

「まだ教師になって数年だが、この学校で様々な生徒たちを見てきた。ここ数年で言えば堀北学（ほりきたまなぶ）や南雲雅（なぐもみやび）が頭一つ抜けて優秀な印象だったか」

「それは私も否定しない」

両者ともに学力、身体能力は優秀。学年随一。そして類（たぐい）まれなカリスマ性を持っている。

「今年の1年生たちは、今現在あの2人には一歩及ばない印象だった。もちろん、一部の能力だけであれば匹敵する生徒もいるが、全てというわけにはいかない。総合して、綾小路はどこまで持っていると見る」

「それは今後に何か影響があることなんでしょうか？」

「いや、それはない。綾小路がどれほどの生徒であれ月城理事長代行の勝手を許すつもりはない。単なる俺の好奇心だ」

「好奇心……珍しい表現を使いましたね真嶋先生。ですが私も探っている段階」

茶柱もまた、綾小路のことを知りたくて仕方がない人物の1人。

答えたくても答えられないのが実情だ。

「まったく厄介な問題を持ち込まれたものだな」

呆れるように真嶋は腕を組んだ。

「本来教師とは、生徒と適切な距離を保ち管轄する立場にある。妙な関係を築くのは得策じゃない」

「そのためには、一刻も早く月城理事長代行を排除しないと」

「排除して――それで終わることなのか？」

「どういうことだ」

「不正を暴き、その後次の刺客が送り込まれてこない保証はないだろう。そうなれば、綾小路個人の問題から飛び火し、学年全体……場合によっては学校全体に悪影響を及ぼす」

それが不安だと真嶋は言った。

とは言え個人の生徒を見捨てるような真似を当然真嶋はしない。

「泥沼の展開になっていくことを、俺は恐れている」

「そうだな」

そうなれば正当な評価を受けられなくなる生徒も出てくる。

それは教師として絶対に防がなければならないこと。

「願わくば、俺のこの予感が当たらないことを期待する」

２人の教師は、この先に待ち受ける展開を想像し、それが杞憂であることを願った。

6

教師や坂柳との話し合いを終え時間潰しを済ませた後、オレは体育館傍にやってきた。

間もなく謝恩会を終えた３年生たちが出てくることになっている。

要は出待ちの状態。

１年生も２年生も時間が近づくにつれ緊張が増しているようだ。

３年生の中にはこの卒業式が終わった直後の今日、学校を旅立つ者もいるという。

中には今日まで伝えられなかった様々な想いを口にする生徒もいるかも知れない。

全部で何人くらいいるだろうか。目に見えている範囲でも１００人近くはいる。

そして、やや集団から離れた所に見知った人物の姿もあった。

「やっぱり来たんだな」

待ち人たちの中に立つ堀北に声をかけると、睨み返される。

「……何よ、いけない？」

「いけなくない。むしろちょっと見直したくらいだ」

「見直す？　よく分からないことを言うのね」

「以前のままのおまえだったら、この場に来れてなかったんじゃないかと思ってな」

そんなオレからの褒め言葉を、堀北はどこか不服そうに聞く。

「そうかしら。私は私よ、何も変わっていないわ」

成長、あるいは自己の見つめ直しを否定する。

いや、否定するというよりは、他人の前で素直に認められないだけか。

体育館での謝恩会が終わったのか、ついにその扉が開く。

晴れて卒業式は完全な終わりを告げたようだ。

卒業生、在校生に残された公式な最後の交流の場は、この瞬間だけになった。

解散を受けて続々と出てくる3年生たち。

その姿の多くは晴れやかだが、一部の生徒たちに笑顔はない。

学校を去ることの寂しさか、それともAクラス卒業が叶わなかった故か。

だが、後者であれば大半の生徒の様相が沈んでいなければおかしい。

一見しただけだが、Aクラス以外の生徒の表情にも喜びのようなものが含まれている。

「どう思う」

その様子を堀北に問う。

「夢への近道が叶わなくても、自力で切り開くことは出来るからじゃないかしら。進学も就職も、実力があれば特権などなくても大抵は実現できることよ」

人生の道はこの先も立ち止まることなく続いていく。

多くの生徒は現実と向き合い、これからの進路を決めて歩き続けているってことか。

そういう意味ではこの晴れ舞台を堂々と過ごしていても、何ら不思議はない。

中には誰とも絡まず一目散に寮へと帰っていく生徒もいるが、大半は足を止めている。

3年間で残してきた爪痕、いや痕跡がここで見られるような気がするな。

残った卒業生、生徒会長を務めた堀北学の姿もそこにあった。

まだ誰も駆け寄っていない今がチャンスだ。

下手に人が集まるようなことになれば、堀北に入り込む余裕はなくなるだろう。

この時を心待ちにしていた堀北だが、一歩も動けずにいた。

「行ってくればいい」

「それは分かってるわ」

言われるまでもないこと。兄と話すため、ここで待ち続けていた。

しかし、いざその時が来ると体が動かない。

そうこうしている間に、1人、また1人と堀北兄に近づいていく生徒が増えていく。

待っていては物事は進まないと判断し、強引な手段を取る。

オレは踏み出すことに躊躇いを見せる堀北の背中を押す。

「ちょ、ちょっと？」

「妹としての特権を使ってこい」

そう促すが、堀北は頑なに足を地につけ前に行こうとしなかった。

「……今私が兄さんの下に駆け寄るのは、とても不自然よ」

「おまえが混ざってても別に不自然じゃないけどな」

「不自然、不純物よ」

自分で自分を蔑むように、堀北はそう評した。

この間の罠、堀北の手料理とどこか被るように、入学直後を思い出す。

1年生たちの前で演説する堀北学を、遠くの届かない存在を見つめる目で見ていた。

細かな部分で変化していても、核心部分は同じものがある。

多くの経験を積んで成長してきていても、難しい部分はあるんだろう。

また弱気が顔を覗かせたせいか、そう思ったが……。

「でも勘違いしないで。単に弱気になってるわけじゃない。兄さんの3年間を……どんな3年間だったのかを見てみようと思ったから、私はここに来たの」

「なるほどな」

話しかけることが全てじゃないと。

それも悪い話じゃない。

堀北兄の下には、更に何人かの2年生が駆け寄った。

「おまえの兄貴、結構人気あるんだな」

生徒会長として、そしてＡクラスとしてあり続けた男。当然人望もあるんだろう。1年生とは接点がないとばかり思っていたが、意外にも多くの1年生が駆け寄っている。

やがて小さな輪は大きくなりはじめ、卒業生を交えていく。

兄貴は時折小さな笑みを見せながらも柔らかい態度で後輩たちと接していた。

最後の最後でちょっとした、違う顔を見たというか。

重圧のようなものから解放された雰囲気を見ることが出来た。

そんな兄の様子を、堀北は目に焼き付けるように、瞬きを惜しむように見ている。

そして――――そんな兄の下に1人の男子生徒が姿を見せた。

現生徒会長、2年Aクラスの南雲雅だ。

それに続くようにして、副会長の桐山、秘書の溝脇と殿河、朝比奈の姿もある。

場が重くなったというわけではなく、独特の空気のようなものに変わっていく。

「卒業おめでとうございます、堀北先輩」

素直に賞賛する言葉を投げかけながら、南雲が笑みと共に堀北兄に近づく。

そんな南雲を堀北兄は嫌がることもなく迎え入れた。

「全く、流石ですね堀北先輩。結局、俺はあなたを脅かすことは出来なかったッスよ」

「そうでもない。正直、最後の最後まで俺がどう転ぶかは分からなかった。もしおまえに敗因があるとすれば、それは俺と同じ学年でなかったことだ。どれだけ深く干渉しようとしても、結局は外野に過ぎない」

どれだけ戦おうと願っても、学年という違いだけは飛び越えることが出来ない。

直接試験に参加できない以上、やれることも極めて限られてくるからだ。

もし本気で蹴落とすことだけを考えるなら、龍園のように場外乱闘をする方法もある。

だが、南雲はそういった手立てを講じることはなかったと思われる。

「そうッスね。あーなんで1つ年下に生まれたんだか」

そこには不満はなく、むしろ同学年でなかったことを悔やむ姿だけが見て取れた。

「こんな俺でしたが、最後に握手してもらえませんか」

「もちろん、断る理由はどこにもない」

堀北兄も快く快諾し、2人の間に握手が生まれる。

しばらくの間心地よい沈黙が流れた。

生徒会長同士、言葉を交わさずとも分かり合える要素は多いのかも知れない。

「おまえにはこの後も、長い1年間が待っている。満足のいく学校生活を送れ」

先輩からのアドバイス。南雲の暴走を危ぶむような発言は含まれていない。

むしろ、好きなことをやれと発破をかけた。

「ええ。先輩がいなくなった後の少ない期間、精いっぱいやらせていただきます。本当の実力主義の学校に変えていきますよ。その準備は整いましたからね」

その発言を、堀北兄は正面から受け止め一度頷く。

「年下であることを悔やんでいたが、似たような気持ちかも知れない。おまえの作っていく学校を見られないのは少し残念だ。間近で見れば、もっと理解できたこともあるだろう」

「どうッスかねえ。これぱかりは先輩と相容れないと思いますよ」

学校の伝統とルールを守ろうとする者と、それを壊そうとする者。

それぞれの考え方が真逆である以上、対立は避けられない。

「それに、大丈夫ッスよ。堀北先輩が残した後輩もいるじゃないですか」

そう言うと、南雲の視線は少し離れた所で見守っているオレを捉えた——わけではなく堀北妹を見据える。

隣に立つ堀北が、僅かにだが身体を緊張させたのが分かった。

「あなたの妹がいれば、十分に後で語り継いでもらうことが出来ます」

卒業後、兄妹であれば遅かれ早かれ再会する。

その時にでも自分の話を聞いてくれ、ということのようだ。

「そうかも知れんな」

肯定し、堀北兄と南雲の力強く繋がれた手と手が離れていく。

「ありがとうございました」

「こちらこそだ」

元生徒会長堀北学、そして現生徒会長の南雲雅。

最後の最後は、意外にも穏やかなムードで幕を閉じた。

南雲は他の生徒の邪魔をするつもりはないのか、すぐに堀北兄から距離を取る。生徒会長同士の組み合わせは華があるが、逆に他人を寄せ付け難いモノもあるからだろう。

そんな南雲は距離を置いて見守り続ける堀北の方へと近づいてきた。

同じく2年Aクラスの生徒、朝比奈（あさひな）なずなも一緒に。その他生徒会のメンバーと思われる生徒は、別の卒業生に会いに行くのか姿を消していた。

「話は聞こえてたよな？　来年、じっくりと堪能（たんのう）していってくれ。確か名前は——」

「堀北……いえ、鈴音（すずね）です」

緊張を含んだ堀北の声。

普段の堀北であれば動じることはないのかも知れないが、兄との会話を聞いた直後の影響だろうか。

その様子をどこか楽しむように南雲は一度振り返る。

視線の先が捉えたものは言うまでもない、生徒会長の堀北学。

リスクを顧みず、どこまでも戦いを挑み続けた相手。

今は後輩たちに囲まれ、卒業の花束などを渡されているところだった。

「鈴音、おまえの兄貴はとんでもない人だった。兄妹であることを純粋に誇っていい」

そう言って褒め、再び堀北鈴音へと視線を戻す。

「はい。誇りにしています」

返ってきた視線に対して、堀北は力強く答えた。

「何か俺に聞きたいことがあるなら答えてやってもいい。今日は気分がいいからな」

「……それなら遠慮なく聞かせてください」

そんな堀北は、南雲に対して1つの疑問をぶつける。

「悔いはないんですか」

「悔い？」

「南雲生徒会長の目には、曇りなど何一つなさそうに見えたので」

先ほどの2人の握手、そして会話のことを言っているのだろう。

南雲は堀北学がAクラスで卒業したことを、心から賞賛しているようだった。

だが、外部から見た生徒会長同士の関係は違う。

南雲が執拗に堀北学に戦いを仕掛け、Aクラスからの降格を狙っていた。

そんな南雲を、当然堀北妹は快く思っていなかっただろう。

だからこそ、素直に堀北学のAクラス卒業を褒めたたえる南雲。

自らの仕掛けた戦いが、防がれたにもかかわらず。

「堀北先輩に簡単に勝てるとは思ってない。勝てる相手なわけがない、そうだろ？」

「それは……そうですが」

「雅も、堀北先輩には完敗って認めてるんだ」

口を挟んできた朝比奈に、南雲は軽く視線だけを向ける。

「負け？　何を以て負けなんだ？　なずな」

「え？　だって堀北先輩はAクラスで卒業したわけでしょ？　負けじゃない」

わざわざ聞き返されることじゃないと、朝比奈は答える。

そんなことを言う彼女に対し、南雲は即座に間違っていると指摘した。

「確かに結果だけを見れば先輩のAクラス卒業を許した。だが、それが負けに繋がると？」

「負け……だと思うけど？　ねえ？」

朝比奈は傍に立つ堀北に同意を求める。

堀北は答えず、南雲の言い分に耳を傾けた。

「俺は確かに勝負を挑んだ。だが、勝ち負けを求めたわけじゃない。仮に、もし堀北先輩がBクラスに落ちてたとしても、根底にある評価は何ら変わってなかっただろうな。あの人の強さや凄さはクラスがどうとかで測れるものじゃないからな」

南雲の言い分に朝比奈はどこか納得がいっていないようだった。

「分からないか？　なら、俺が今回のことで何か評価を落としたか？　この学校で生徒会長をしていて、Aクラスの座に留まり続けてる。そのどこに負けの要素がある？」

「いやー、でもさ」

「そもそも、2年と3年じゃまともな勝負が成立するはずもない」

言いたいことは分からないでもない。

しかし、まともな勝負が成立しないと分かっていても南雲は堀北兄に挑み続けた。

「ただ俺は認めてもらうために……いや、認めさせるために今日まで先輩にアタックしてたようなものなんだよ」

そういう意味では、今日の堀北兄を見る限り南雲を認めている節はあった。

いや、元々実力そのものは評価していたと考えられる。

ただやり方を受け入れることが出来なかっただけだ。

恐らく南雲は、そのやり方を含めて認めさせたかったんだろうが。

「なんか、それって恋する乙女みたいな発言」

「そうかもな。卒業後、先輩がどうするのか大体話は聞いてる、俺もそれを追うだけさ」

南雲の顔には本当に悔しさや負け惜しみのようなものは見られなかった。

純粋に堀北兄とのやり取りを、最後の最後まで楽しんだってところだろうか。

「卒業後も、って。本気ぃ？　進路まで堀北先輩に合わせるわけ？」

「少なくとも今の俺はそのつもりだ」

「あーあ。ホント好きよね堀北先輩のこと」

「2年の中に俺の敵はもういない。当然1年の中にもな。つまり、この学校でやるべきことはあと1つだけだ。学校の仕組みそのものに手を突っ込んで退屈を面白くする」

南雲雅が生徒会長になって任期の半分が過ぎようとしている。

しかし、今日まで何か目新しく動いたことはない。

堀北学が卒業し自らが3年生になることで、いよいよ始動するのだろう。

それがどんなものになるのか、今はまだ想像がつかないが。

「それにしても、この1年おまえの評価はよく分からないままだったな、綾小路」

南雲の視線がここで初めてオレに向けられる。

その目は堀北兄妹に向けられるものとは違い、まさに『退屈』の目だった。

「査定するまでもないってことですよ」

オレが注目されていることに、何か引っかかりを南雲も感じているだろう。

だが、その違和感だけでは興味を持つには至らない。

それでいてくれるのなら、今こっちが刺激を与える必要性は皆無だ。

「ま、4月になれば嫌でも分かる。本当の実力主義になれば嫌でも戦うしかなくなる」

堀北兄たち3年生が卒業したことで、南雲の完全な支配下となった学校。

生徒会とはいえ、どこまで学校に対し影響力を及ぼせるかは懐疑的なところだが、南雲の自信を見るに1年度の時とは違ったものになることは間違いなさそうだ。

「クラス戦ではなくする、ということでしょうか」

そんな南雲の発言が気になったのか、堀北は質問をぶつけた。

「それが出来るなら理想なんだが、それはどうにも不可能だ。学校側が認めない」

肩をすくめながら、南雲は呆れたような息を吐く。

「だが、これまで以上に個人の実力が左右する仕組みには変える。優秀な生徒が上位のクラスにいるのは当たり前のことだ、そうだろ?」

その点を、堀北は同意も否定もせず、黙って聞いていた。

「それから、1年から3年までが今まで以上に一緒くたになるような面白いモノを幾つか提案中だ。学校側が認めれば――――おまえと戦うこともあるかもな」

もちろん南雲にしてみれば、今のオレなど眼中にないだろう。

だがそれでも、本能のどこかではこちらを値踏みし、推し量ろうとしている気がする。

「雅、そろそろ行かない？　挨拶したい先輩いるでしょ、帰っちゃうよ」

「そうだな。1年とはいつでも話が出来るか」

南雲と朝比奈は、2人で堀北学以外の3年生のところへと足を運ぶようだった。

「ふう……あの手の人と話すのは色々と気を遣うわね」

「生徒会長だしな」

学年は1つしか違わないが、オレたちからすれば雲の上の存在だ。

「私は帰るわ。もう、やるべきことは済んだもの」

結局、この場で兄貴と話すことは諦めたらしい。

「いいのか？　明日には学校を去る可能性だってあるんだぞ」

「そんなこと……あなたに言われるまでもなく分かってるけれど……」

どうにもならないジレンマを噛みしめながら、堀北は一足先に帰路に就くようだ。

それを強制的に止めるわけにもいかず、見送ることに。

「あなたは帰らないの？」

「ああ。オレはもう少しここに残る」

「そう……それじゃ」

何となくオレの動向が気になるようだったが、堀北は背を向け寮へと戻って行った。

オレは何となく、堀北学を始め3年生たちの様子を見つめることにした。

特に興味があったわけじゃない。

どうせなら、この光景を目に焼き付けておこうと思ったからだ。

まだ見ることの出来ない、2年後の自分を、何となく想像しながら。

それからしばらくの間盛り上がりを見せていたが、1人、また1人と帰路に就く。

やがて全体が解散の流れとなった頃。

別れの挨拶を済ませたであろう堀北兄が、オレを見つけ近づいてきた。

「まだ残っていたのか」

この場に似つかわしくないことを、堀北兄もよく分かっているんだろう。

「俺を待っていたのか？」

「そんなところだ」

オレが他の3年生に話しかけていないことは、遠目にも分かってただろうしな。

「あんたと話す機会もこれで最後になるかもしれないと思ってな。いつ学校を出るんだ？」

早速だが、肝心(かんじん)なことを聞いておくことにした。

もしこの後すぐにでも旅立つようなら、堀北に声をかけなければと思ったからだ。

「31日の昼。12時半のバスに乗る予定だ」

つまり一週間後か。即日ってことではないらしいが、すぐだな。

「鈴音(すずね)は帰ったようだな」

「ひとまず、あんたの3年間を目に焼き付けて帰っていった」

2人で寮の方角へと一度視線を向ける。

当然、もうそこに堀北の姿はない。

「そうか」

その表情からは、喜怒哀楽を読み取ることは出来ない。

しかしこのままセッティングをしなければ、2人は会えないまま終わる可能性もある。

そんなことを勝手に危惧していると……。

「もし良ければ、鈴音に言伝を頼みたい。31日の正午に正門近くで待つと」

「自分で伝えた方がいいんじゃないか？　今からだって時間はあるだろ」

むしろ会う意思があるなら話は早い。

堀北はすぐにでも飛んでくるかも知れない。

「あいつは素直になれない可能性があるからな。おまえから上手く伝えて欲しい」

「逆効果かもな。オレが伝えたら来ない可能性はあるぞ」

捻くれてる部分があるからな。

「その時は、鈴音がその選択をしたというだけだ」

「本当にいいんだな？」

念を押して確認すると、迷わず返事が返ってくる。

「いい。おまえに委ねる」

まあ、責任を取らなくていいのなら伝えておくだけなので断る理由もない。

それにこの話を聞けば、堀北は十中八九見送りに来るだろう。

既に雪解けは始まっている。

「おまえとはもう少し話がしたかったが、この後は俺に予定が入っている」

後輩たちからは色々と誘われていたみたいだしな。

今日くらいは兄妹(きょうだい)だのなんだのを忘れて、1人の学生として過ごしたいか。

「それにおまえも、無意味な長話は求めないだろう？」

「まぁそうだな」

いくら人気(ひとけ)がなくなってきたといっても、やはり元生徒会長といるのは目立つ。

「もし良ければ31日、おまえにも見送りに来てもらいたい」

「大勢の前で別れの挨拶を述べるのは苦手だ」

「心配ない。当日はおまえと鈴音以外に呼ぶつもりはない」

それならばと、オレは小さく頷(うなず)いてそれを快諾(かいだく)する。

「すまないな」

そう残し堀北兄はオレから離れた。

3年で唯一話す相手だけに、堀北兄がいなくなれば用事はなくなる。

オレも帰るとするか。

「綾小路(あやのこうじ)くん。良かったら一緒に帰らない？」

そんなところで、そう声をかけてきたのは平田だった。

先ほども、大勢の3年生のところに挨拶していたのは遠目にも確認できていた。

「もういいのか?」

「うん。今日が卒業式と言っても、ほとんどの先輩たちはあと数日学校に留まるからね。親しかった人たちは個別でお別れ会を開くみたいだから」

平田のことだ、そういった場への招待も幾つか受けていることだろう。

3年生は最大4月5日までの滞在が認められている。

もちろん、それまでの間に準備を済ませた生徒から学校を後にするんだろうが。

残された期間は僅か。ほとんど身支度は済ませていると見てもいいはずだ。

断る理由もないので、そのままオレは平田と寮へと戻ることに。

7

平田と帰ることになったが、コンビニを過ぎた辺りで平田がこちらを向いた。

そして、また何事もなかったかのように正面を向く。

そんな感じのことを、この数分間で平田は何度か繰り返していた。

先ほどから会話のタイミングをうかがってるようだが……。

やがて意を決したように平田が口を開いた。

「実は――ちょっと綾小路くんの耳に入れておきたいことがあって、ね」

少し歯切れ悪そうに、平田がそんな風に切り出した。

学年末試験のことに触れるのかとも一瞬思ったが、そんな感じでもない。

「何か相談事、か？」

「そうだね……うん。相談になると思う」

少しだけ考えた後、それを認める。

「解決してやれるかは分からないが、何でも言ってくれ」

平田に頼られるのは悪い気がしない。

だが相談の内容を予測することは出来なかった。

山内退学の件で沈んでいた時はそれ一辺倒だったが、その件は既に解決した。

心の中にくすぶっているものは依然あるだろうが、相談事にするほどのものじゃない。

既にある程度の消化を終え、自己解決出来るほどにはなったはずだ。

「意外だって思うかも知れないけど……」

そんな風に前置きして、平田が話し出す。

「僕は、その、今は恋愛に対して積極的になれないというか……よく分からないんだ」

本当に意外な切り出しだった。

まさか平田から恋愛に関する相談をされる日が来るとは。

「よく分からない？」

とりあえず話の全貌を聞くことにしよう。

話を続けるように促す。

「僕が、多分女の子を好きになったことがないせいだとは思うんだけど……」

どこか恥ずかしそうに、そう告白する平田。

「つまり、女の子と付き合ったことはないと？」

「軽井沢さんとの契約を除けば、そうなるね」

意外ではないのかも知れないが、やっぱり少し意外だ。

男女どちらに対しても平等に接する平田だが、恋愛経験の1つや2つはあると思っていた。

恵との恋人関係は流石にノーカウントだろう。

互いに恋人のフリをすることで、恵が虐めに遭うのを阻止するためだけにあったもの。

しかし女の子を好きになったことがないとなると……。

「今も、気になる女の子もいないってことか」

「そうなるね……」

女の子を全員等しい目で見られるってことは利点でもあるが、なんとも不思議なものだ。

「じゃあみーちゃんのことは？」

みーちゃんは、平田との関係が進展することを強く望んでいる。

そして平田に対して明確な恋愛感情を見せている。

「僕には言えなかったよ。それ以上の関係にはなれないって」

友達から始めて欲しいと言ったみーちゃん。

その先には、当然発展があって、恋人になっていくことを望んでいる。

しかし平田にその気がない以上それは望めない。

そして無意味に明言を避けて引っ張ることも、みーちゃんのためにはならない。

そういうことなんだろう。

これが相談内容か。平田は迷っている。

「改めてハッキリ言うべきだって分かってる。だけど、難しいね」

彼女を傷つけずに、されど悟らせることの難しさ。

「矛盾――してるんだろうな。きっと」

「そうだね」

心優しい平田だからこそ、常にこうして苦難に巻き込まれる。

「けどそれは、今現在の話だろ？　この先はどうなるか分からないんじゃないか？」

恋愛感情なんてものは、自分でコントロールできるものじゃないだろう。

ふとした瞬間、スイッチが入るものだ。

……恐らく。

「確かにそれは、可能性としての話なら分からない。でも……」

平田なりに、みーちゃんとの関係性が発展することは見えないということだろうか。

外見や性格など、特に不満に挙げるような部分はなさそうだが。

もちろん恋愛はそんな部分だけじゃ許れないことも沢山ある。

「多分、断言に近い形で――――無いと思うんだ」

分からないとしつつも、平田なりに答えを強く持っているようだ。

それなら、オレから言ってやれることは1つだろう。

「ハッキリ言うべきだ。みーちゃんが前に進むことを望んできたんだからな」

オレは平田の目を見てそう言った。

答えを保留にするということは、みーちゃんにも待ちを強いることになる。

それなら、早いうちにハッキリさせてやった方がいい。

その上でみーちゃんが平田を想い続けるのなら、それは自由だ。

しかし平田の目が一度逃げる。

「……彼女が、傷つくとしても？」

「答えが分かっているのに先延ばしにする方が相手を傷つける。そうだろ？」

もう一度、オレは平田の目を見て言った。

平田は目を合わせたものの、またすぐにどこか違う方向へと視線を逸らす。

「う、うん。そうだね。その通りだ……」

自分に言い聞かせるように、平田は二度三度と頷きを繰り返す。

そして改めて結論に辿り着く。

「綾小路くんに相談して良かったよ。これで僕も勇気を持てた。相手が傷つくことを覚悟しないことは、ただ逃げてることになるよね」

また、1つの答えを得ることに成功したようだ。

「ちゃんと言えるか？」

「正しい考え方かどうかは分からないけれど、どちらの方が傷つく行為なのかが分かったからね」

平田は天秤にかけた。

黙っていることと、素直に伝えること。

そして後者がみーちゃんのためになると理解して迷いが消えた。

以前なら悩み続けて答えを出すのに時間がかかっただろう。

『相手を傷つけずに済む』という選択肢を模索し続け、思考と感情は迷宮入りしていたはずだ。

悩みの解決から少しして、平田はまだ何かを言いたそうな雰囲気を残していた。

「どうした？」

こちらから聞いてみる。

「あの。その……今度から……清隆くん、ってこれから呼んでもいいかな」

「え？」

何を言うかと思えば、まさに斜め上の言葉だった。

「僕のことも、その、良かったら下の名前で呼んでくれたら……なって」

それは、友情が一歩先に進んだということでいいのだろうか。

かつて啓誠や明人、波瑠加や愛里との関係が一歩進んだように。

「もちろん平田がいいなら」

そう快諾すると、平田は心底嬉しそうに溢れんばかりの笑みを見せた。

「本当に？　いいの？」

「下の名前で呼ぶだけの話だろ？　平田にしたら、いや洋介にしたら珍しいことでもないんじゃないか？」

普段男女問わず苗字で呼んでいる印象だが、けして珍しいことじゃないはず。

「確かに、あの事件までは僕にとっては珍しいことじゃなかったかな」

あの事件とは、平田の中学時代に起こった親友の虐め、そしてその自殺未遂のことだ。

「どうしてもアレ以来……人と距離を詰めていくのが怖くて。僕は誰とでも平等に接する代わりに、大切な人を作らないようにしてきたんだ」

あれから2年ほど経っているが、その間は苗字だけで呼んでいたらしい。

言われてみれば、平田はどんな生徒に対しても等しい扱いをしていた。

それこそクラスから満場一致で追い出されることになった山内に対しても。

どうやらまた1つ、そして今度は自分からその殻を破ったらしい。

多くの生徒がこの1年間で成長を見せる中、平田の飛躍はかなり大きなものだ。

「だから本当に感謝してるんだ。……清隆くん」

逸らされていた視線が戻ってきた。何かを伝えようとしている、そんな目だった。

「何となくテレるな。そこまで感謝されると」

むず痒い感覚に襲われながらも、素直に思ったことだ。

○デートひより

卒業式、そして終業式も恙なく無事に終わり、ついに春休みに入った。

学生たちは競争を忘れ、つかの間の休みを得ることになった。

在校生たちは、当然敷地内から出ることは許されないが、特別不便を感じることはない。その大きな一因を担っているのがケヤキモールの存在だ。学校で働く関係者だけでなく、生徒たちにとっても欠かせない。

もはや説明不要だが、カフェ、家電量販店、カラオケなど必要なものは全て揃っている。またどうしても手に入れたい物は、申請、許可を経て通販を利用することも認められている。

自分の持つプライベートポイントの許す範囲で、自由気ままな生活を送ることだろう。

幸い今年の1年生たちは、どこのクラスもひもじい思いをすることはない。

最下位であるDクラスですら、4月1日には数万円のお小遣いが振り込まれる。

全国高校生の平均お小遣い金額から考えれば、それがどれだけ過ぎたる額であるか一目瞭然。

しかし、中には面倒な事情を持つ生徒も少なくはない。

かくいうオレもその1人だ。

クラスメイトの櫛田(くしだ)との契約で、オレは収入の半分を彼女に提供する約束をしている。

当初は思惑あってのものだったが、それも今や少し事情が変わり始めていた。

櫛田との契約、いや本人との関係をどうしていくかは、この春休み中に決めよう。

こちらの予定通りに進めるのか、それとも違う選択を選ぶのか。

その選択権を有しているのはもはやオレではなくなった。

まあ、春休みは始まったばかり。

慌てる必要はない。

オレは私服に袖を通し、出かける準備を済ませる。

春休みの大半はのんびり部屋で過ごすつもりだが、今日はある人物とのちょっとした約束があるからだ。

連絡が来るまでもう少し時間がかかると思ったが意外に早かったな。

その人物からのコンタクトを受け、オレはもう1人にも連絡をする。

「最終確認、だな」

春休み初日ということもあり、色々と調整は必要だったが問題はない。

今日のコンタクトは、非常に重要な意味を持つ。

それは今日のためではなく、春休み終盤のある日のため。

1

日差しも暖かくなり始めた3月の下旬。

各所で桜の開花が発表され始めた時期、間もなく桜も満開を迎えるだろう。

予定よりも早い集合時間にもかかわらず、その生徒は既に待機していた。

「こんにちは、綾小路（あやのこうじ）くん」

私服姿が新鮮なひよりとケヤキモールの前で合流する。

「早いんだな」

「呼び出しておいて、お待たせするわけにはいかないですから」

そう言ってひよりは軽く微笑（ほほえ）む。

「今日は突然のお誘いでごめんなさい」

「どうせ春休みの予定は何も埋まってない。気にしないでくれ。それで——」

「昨日、やっと図書館に新しい本が入荷しまして」

手にしていた鞄（かばん）を見せてきて、もう一度微笑む。

今度は先ほどよりも嬉（うれ）しそうに。

1年Cクラス、椎名（しいな）ひよりは誰よりも本を愛する読書少女だからだ。

「1日も早く、綾小路くんとは情報の共有をと思ったんです」

オレやひよりが愛読する人物の本は、コンビニやモールの本屋では手に入りにくい。

電子書籍にもなっていないため、取り寄せるしかない。

個人で取り寄せても良いのだろうが、図書室ならより多くの人の目に触れる。こうして、誰かと1冊の本について語り合えることをとても大切にしている。

「思ったより多いな」

カフェのテーブル席は、生徒たちで埋め尽くされていた。

流石(さすが)は春休み。時間帯によっては、大混雑だな。

幸いにもカウンター席の方は並びが空いているようだったので、そちらに向かう。

「こうしてお休みの日にお会いする機会は中々ないので、新鮮ですね」

私服姿のひより。確かにオレたちが休日に会うことは殆(ほとん)どない。

「確かにそうかも知れないな」

どこか新鮮な気持ちを両者が抱きながら、そんなことを口にし合う。

「早速なんですが……何冊かお持ちしたので見てもらえますか？」

そう言って嬉(うれ)しそうに本を取り出そうとする。

しかしその直前、手を止めて思い出したように顔を上げた。

「そうでした。本のことで話を弾ませる前に、少しよろしいですか？」

何か話をしてこようとしていたそのタイミングで、後ろから大きめの声が聞こえてくる。

「クッソー。やっぱ混んでるなー。テーブル席空いてないのかよ」

カフェの混雑状況を嘆(なげ)くような馴染(なじ)みのある声がすぐ傍(そば)まで近づいてきた。

「ここでいいよな？」

「うんいいけど」

まったりとした時間が流れていた中、入れ替わりで別の生徒が2人オレの隣に座る。

その男女の声にオレが視線を向けると、クラスメイトの池と篠原だった。

何か話の途中だったようで、こちらに気付くこともなく話を続けている。

ちょっと前に2人の距離が縮まっている様子はあったが、依然継続中のようだ。

「確か……池くんと篠原さん、でしたっけ」

耳打ちほどの距離ではないが、池たちに気取られない程度の声量で聞いてくる。

「よく覚えてるな」

「1年も経ちましたから。私も随分と他クラスの生徒にも詳しくなったんです」

自慢するようにひよりが目を輝かせる。

何となくオレたちは黙り込み、池と篠原の会話に少しだけ耳を傾けてみた。

「毎月の給料、また3万切る状態に戻ったよな」

「仕方ないじゃない。Aクラス相手じゃ、私たちに勝ち目なんてないんだし」

「そうかもしんないけどさー。結局来月からDクラスに逆戻りだろ？　だせーっ」

学年末試験で負けたことを思い出したのか、池が一度頭を掻きむしる。

「けどま……負けた原因は分かってんだよな」

「何よ、誰のせい？」

司令塔だったオレの名前を出すのか、一瞬そう思ったが……。

「俺だよ、俺」

話を聞いていた篠原が目を丸くするような、驚く発言をする。

「いや、正確には俺も負けた原因の1人、って感じだけどさ。ハッキリ言って、クラスがもっと一丸となって取り組んでたら勝てたんじゃないかと思って。確かにAクラスは強ぇけどさ、それでも結構善戦したじゃん」

「ま、まぁそうだけど。池がそんなこと言うなんて意外も意外ね」

「呼び捨てすんなよ篠原」

「あんただって私を呼び捨てにしてるんだからお相子でしょ」

時々、無駄話を織り交ぜながらも学年末を振り返り続ける。

「2年生になったら、俺もっと頑張ろうと思って。勉強もスポーツもさ」

「へー、ほーん？　あんたに、有言実行できるとは思えないけど？」

「そりゃすぐに完璧には無理だって。けど、マジでやろうと思ってる」

その言葉には単なる思いつきだけではないものが含まれていそうだった。

「一応聞くけど、なんで？」

「……健と春樹だよ」

少し前まで、オレたちのクラスでは3バカと呼ばれていた仲の良い友達たち。

入学当初はオレもそのグループと距離が近かったが、やがて離れていったのを思い出す。

正確には、弾きだされていったというべきだが。

「健のヤツ似合わない癖に、ここ最近勉強ばっかりしてるだろ？　授業なんか真面目に受けてて。ポーズだけだと思ったのに、マジで頭良くなってきてるっていうか」

「成績上がってるっぽいもんね」

「そうなんだよ。マジで少しずつ成績も上がってきてるし、スポーツは超得意だろ。なんか俺が勝ってるところなんか何一つないような気がしてさ」

「勉強では池の方が上だったもんね」

今の須藤と池なら、勉強でもスポーツでも高確率で須藤が勝つ。

「多分あいつ……来年はもっともっと伸びてる」

大切な仲間の成長を喜ぶ半面、置いて行かれることに対する恐怖を覚えたようだ。

そしてその恐怖を植え付けたもっとも大きな要因は……。

「このままじゃ、次の退学候補は俺かも」

「池……」

クラスで下位の生徒ほど、退学と隣り合わせであることは避けられない事実。

問題行動の多かった山内が犠牲となり、その次は自分だと感じ始めた。

「笑わないんだな。似合わないこと言ってるって」

「そりゃ似合ってないけど……私だって結構似たようなもんだしさ」

篠原も、けして成績が良いわけではないし、大きな取り柄を持っているタイプではない。

男女の違いはあれど、似たような立ち位置にいる。

「それに頑張ろうとしてるヤツを笑えないじゃん」

そう言って、篠原は池に対して力強く頷いた。

「私も2年生になったらもっと頑張る。あんたには絶対に負けないんだからね」

「俺だっておまえに負けねーからな」

池と篠原の関係は、良い具合に進展していると見ていいだろう。

この先、この2人に触発されて頑張る生徒も出てくるはずだ。

誰かが前を歩けば、それに合わせて誰かも前を歩く。そんな相互関係が極めて重要だ。

「でさ、篠原」

「ん？」

オレの隣に座る池の声が、違うベクトルで真剣なものに変わる。

「その――――ちょっと、話があってさ。聞いてくれるか？」

「何よ改まって」

「まあ、なんていうか、俺たち喧嘩友達みたいなとこあるけどさ……その……」

オレはひよりと目を合わせる。

他人事だからこそ、話を振られている当人よりも先に理解することもある。

もしかしたらこの場で、新しいカップルが誕生するかもしれない。

そういう展開が起こる流れ。

「俺と――――」

「あっ！」

満を持して池が言葉にしようとした直前、篠原が大きな声をあげた。

広いとはいえ狭い学校の敷地内。どうしても周囲は視界に入る。

池の方を向いていた篠原は、その横にいるオレたちに気がついたようだった。

そんな篠原の驚きと視線を追うように、池も振り返る。

そしてオレと目が合うなり飛び跳ねた。

「ああ、綾小路っ!?」

告白しようとしていたと思われるだけに、その反応は想像以上だった。

「なな、何してんだよこんなとこで！」

「何って……普通にカフェにきてたら問題あったか？」

「そ、そういうわけじゃないけどさ、声くらいかけろよ！　気配殺すとかずるいぞ！」

いや、あの状況で声をかける方がどうかしていると思うが。

しかもずるいと言うが、先客はこっちだ。

「まさか俺たちの話聞いてたんじゃないよな？」

「2人で何の話をしてたんだ？」

カウンターで返すと、慌てて目を逸らす。

「べ、別になんだっていいだろ？」

そんなオレと池の会話を聞いていた篠原が、別のことで言葉を向ける。

「……え、綾小路くんって椎名さんと付き合ってるわけ？」

こっちが1人でないことを知った篠原からの疑問。

当然、2人でお茶のひとつでもしていれば、その類の話になっても不思議じゃない。

「そういうんじゃない。そっちは？」

「いや違うからね？　池とは別にそんなんじゃないし」

サラッと関係性を否定した篠原。

その態度が気に入らなかったのか、池も後に続く。

「そ、そうだぜ綾小路、勘違いすんなよ？　誰がこんなブスと！」

「はあ？　誰がブスよ誰が！」

「おまえだよ！」

いやいや、何故そこで揉めだす。

立ち上がった両名は、直前まで良かった雰囲気をぶち壊し睨みあう。

「あー気分悪ぃ！」

「それはこっちのセリフよ。春休みにわざわざ時間作ってやったのに」

「はあ？　はあ？　こっちは仕方なく声かけてやったんだよ」

「なにそれ。さいてー！」

2人は席につくと思ったが、何故か喧嘩してどこかへ行ってしまう。

カップル誕生目前から、急転直下だ。

「大丈夫……でしょうか?」

ややひよりもその状況変化に引いた感じで呟く。

「さあ……」

こればかりは、隣にクラスメイトがいた不運を自分たちで呪ってもらうしかない。

願わくば1日も早く仲直りして関係性を発展させてもらいたいが。

「さっき何か言いかけてたよな」

「えぇっと、そうでしたそうでした。奇遇ですが、先ほどのお二人の話に酷似しています」

酷似している? そんな発言を聞いて思わずビクッとする。

まさか告白関連か? なんてことが一瞬頭をよぎったが、それはすぐに否定された。

「学年末試験のことで、綾小路くんにお聞きしたかったことがあるんです」

確かに池と篠原も学年末試験のことを話してたな。

「オレに聞きたかったこと?」

「もし私の推理が間違っていたらごめんなさい。単刀直入にお聞きしますが、龍園くんを変えたのは綾小路くんですか?」

悪意のない、好奇心の眼差しがオレを見つめる。

思えば初対面の時から、ひよりは鋭い感性の持ち主だった。

「普通だったらどういう意味だ?と聞き返すところだな」

とぼけたフリをして無関係を装う。それがオレの取るべき最善の対応だ。

あえてそうしなかったのは、ひよりの瞳には確信めいたものがあったからだ。

「そうですね。でも、綾小路くんなら深く説明せずとも分かってくれると思いまして」

龍園を変えた。

普通、その言葉だけで大抵の人間は首を傾げるだろう。

それをしない人物は、ある程度状況を理解している者、あるいは変えた当事者。

「どうしてそう思うんだ？」

オレはあくまで誤魔化さず、その理由をひよりに聞いてみることにした。

確信を持った理由を教えてもらいたかったからだ。

「パズルのピースを、ゆっくりと当てはめていっただけです。龍園くんは、綾小路くんたちのクラスに執着していました。ですが、ある時を境に表舞台から降りました。表向きは石崎くんの反逆ということでしたが、どうにもブラフのように思えました。龍園くんの側近だった石崎くんや伊吹さんを龍園くんと絡ませてみて、それも確信に変わりました」

こちらがあずかり知らないところで、ひよりは幾つかの戦略を打っていたようだ。

そして龍園の蟄居に対して不審を抱いた。

「不快にさせてしまったのなら、謝ります。今日この話をするかとても悩みました。踏み込むことで綾小路くんを怒らせてしまうんじゃないかと思ったからです。真実がどうあれ、こんな話を望まないことは、綾小路くんを見ていれば分かりますから」

「つまり、ひよりは覚悟を持ってこの話を切り出したんだな」

日常の雑談をするのとはレベルが違う。そのことをよく考えた上での決断。

「このことが原因で友達じゃなくなってしまったら——きっと後悔します。綾小路くんとこうして肩を並べることが出来なくなってしまったら、絶対に後悔する」

それなら胸の内にしまっておく方がいいはずだ。

だが、それでもひよりは今日、このタイミングで話を切り出した。

「踏み込まなければ、これ以上の進展もないと思ったんです」

「これ以上の進展?」

そう聞き返すと、ひよりはハッとしたように口を開く。自分の発言に驚いたようだった。

「そう、ですね……今自分で言ってて、ちょっとよく分からなくなってしまいました」

そう言って少し戸惑った顔を見せるひより。

「あの……Bクラスと私たちのクラスの戦いのことはお聞きになりましたか?」

「結果だけな」

後の詳細は何も知らない。

ひよりは話題を変えるタイミングと、勝ちに至った話をし始める。

「なるほどな。普通に見れば問題のあるやり方だ」

「確かに龍園くんのやり方には問題点も少なくありません。でも、私は今のクラスが上に行くためには必要な悪も、あるのではないかと思うんです。ずるいでしょうか」

「少なくともオレは否定しない」

褒められた戦いでなくても、後ろ指さされる戦い方でも、クラスに勝利をもたらす。多かれ少なかれ、そういった人間は社会に必要とされている。

賞賛されない孤独な戦いをするには、不屈の精神力が必要不可欠だ。

「ただ、非常に危険な橋を渡ったことに違いはありませんね。Bクラスからは疑問を抱く生徒も出てきていますし。ただ、具体的な証拠は出てこないと思います。張り巡らされた監視カメラの目を掻い潜って、仕掛けているでしょうから」

この学校には多くの監視カメラが仕掛けられている。

学校はもちろん、ケヤキモールやその周辺、その多くが監視下に置かれている。

しかし全部じゃない。もちろんトイレ等にはカメラはないし、個室の扱いになるカラオケルームなども、その対象からは外れている。

一之瀬たちBクラスが声をあげておかしいと言えば、調査の手は入るだろうが、恐らくはグレー止まり。そこからの発展はまず望めないだろう。

「見事な立ち回りの5勝だな。完璧と言ってもいい立ち回りだったんじゃないか？」

「見事、ですか？　私はそうは思いません。むしろ大きな穴を抱えた戦い方をしたと思っています」

「というと？　6勝以上出来たと？」

「5勝は上出来でした。いえ、むしろ欲張りすぎたと思います。そのために、龍園くんは非常に危険な戦略を取ってしまったのですから」

ひよりは先の試験をそう分析して振り返る。

そしてどうやって勝ちに至ったのかをオレに話してくれた。

「Bクラスの生徒たちへの執拗なプレッシャーは良しとしても、体調不良を促すような真似は明らかに失策です。善良な方の多いBクラスだから使った手だとしても、それは許容できるものではありません」

それを聞いたうえで、オレもひよりと全く同じ感想を抱く。

目の前にいる少女はオレとは全く違う人生を送ってきたであろうことは分かる。

本来なら似ても似つかない存在。

しかし、根本的な考え方や思考など、どこか似ている部分があるのも確かだ。

だからこそ、この話を聞いて浮かんでくる疑問もある。

「ひよりは龍園が戦略を打つ前にその話を耳にしていた。なのに止めなかったのか？」

「私が助言したところで、それを素直に聞く人だと思いますか？」

石崎や伊吹からの助言よりは耳を貸すかもしれないが、龍園は受け入れないだろう。

相手の考えを認められるわけがないと、鼻で笑って聞き流す。

「確かにな。なら、どうすれば龍園は止まったと考える？」

どこまで考えてそう行動したのかを引き出したいと思った。

恐らく感覚的にひよりは理解しているはずだ。今日に至った理由を。

「彼と同等……いいえ、それ以上に実力を持っていて、何より気になる方からの叱責くらいではないでしょうか」

　自分が言っても龍園は助言を聞き入れない。だが、それが龍園も認める存在からの助言であれば話は変わってくる。だからこそ『オレ』にこの話を聞かせてきた。

「ひより。1つ言伝を頼まれてくれるか」

　オレはあえて、直接何かを明確にするような言葉は使わないことにした。

　そうでなくても十分だと判断したからだ。他の生徒ならともかく、ひよりは今の立場を使ってこちらを困らせることはしないだろう。リーダーだと認めている龍園が、オレのことを表沙汰にしないことの意味をよく理解しているからだ。

「なんでしょう？」

　変わらぬ態度を見せるひよりが、優しくこちらを見つめてくる。

「龍園に、オレならもっと上手いやり方で安全に5勝以上出来た。そう言っておいてくれ」

「――――はい、分かりました。確かにお言葉をお預かりしました。お伝えしておきます」

　目を細め感謝するように、両手を軽く合わせて笑うひより。

　龍園は石崎や伊吹以外にも良い味方を持ったな。

　暴走しがちな3人を、ひよりが上手くコントロールしていけば更に手強くなりそうだ。

　こうしてひよりとの学年末試験の話を終える。

「それで……」

　普通ならこの辺りで解散となるところだが、肝心なのはこの後だ。

「気に入ったのがあれば、ぜひ持って帰って読んでください」

改めて鞄を開け、本を取り出す。

元々、今日はこの話をするために設けられた場だ。

「でもいいのか？　ひより名義で借りた本だろ」

「先生には許可を取ってあります。本当はあまりよくないことなのですが、期日内に戻してくれるならと許していただきました」

ひよりは図書室での優等生だろうからな。ちょっとした得があっても不思議じゃない。

しばらく本の話に華を咲かせ、お茶をして別れた後。

「少し評価を変えなければならないみたいだ」

オレはこれまで、ひよりを同学年の単なる生徒、もう少し踏み込んで言えば共通の趣味を持つ友人としての認識だけしか持っていなかった。

ひよりと別れてからしばらくして、オレはケヤキモールに来ていた恵と合流する。

「……何か用？」

姿を見せた恵は、開口一番どこか機嫌が悪そうだ。

「座ったらどうだ？」

オレはひよりが帰ったことで空いた席に座るよう促すが、恵は椅子を一度見ただけでそれを拒否した。まるで汚物を見るかのような目をしていた。

「あたしとお茶してるところなんて見られたら変な噂立つでしょ」

明後日の方角を見ながら言う。

第三者が遠目に見てもオレと話している風には見えないだろう。

「噂が立つと問題なのか？」

「問題大ありよ。不用意に異性と接触してたら、すぐに噂が立つってことくらい分かっておいた方がいいんじゃない？　あんた全然分かってないでしょ」

まるでオレが不用意に異性と接しているかのようだな。

「で？　用件はなんなわけ？」

「悪いな、用件は忘れた。思い出したらまた連絡する」

既に、オレが恵に対して行うべきことは済ませている。

「何それ。なんか滅茶苦茶なんだけどー。……かえろ」

呆れてため息をつき、恵は背を向けた。

オレは呼び止めることもなくそれを見送る。

通して恵の機嫌は悪かったが、それも無理はないだろう。

機嫌が悪くなるように、オレがそう仕向けたからだ。

○迷える子羊

春休みも気がつけば4月を目前に控えた30日になっていた。

ここ数日間は特に何をするでもなく、時間の大半を自室で過ごして休みを満喫。

このままのんびりと新学年を迎えることになるかとも思っていたが……。

8時前に起床すると、1通のメッセージが届いていることを知る。

差出人は1年Bクラスの生徒『一之瀬帆波』。

その内容は、春休み中のどこかで会えないかというものだった。

残りの春休み、やはりそのまま淡々とは過ぎていかないようだ。

日にちはいつでもいいらしいが、出来れば堀北を交え会いたいとの要望だけ添えてある。

その一言から察するに、オレはオマケに過ぎず、堀北の方がメインだろう。

大体話の内容は予測がつく。

1年度最終試験の選抜種目試験に関すること。情報収集はある程度しているだろうが、Aクラスとの戦いで3勝4敗に至った経緯を事細かに知りたがっているはずだ。

そして他にも、2年生に上がった後に関する話が予想される。

オレたちのクラスと一之瀬のクラスが友好関係にあることが関係している。

それを継続していくのか、破棄するのか。その辺を詰めておきたいはずだ。

どちらか一方の話というよりも、その両方の可能性が高そうだ。

特に後者に関しては、春休みの内にしっかりと話し合っておくべきことだしな。

「一之瀬のコンディションは戻ったのか、そうじゃないのか」

春休みになってから一度も外では見かけていない少女のことを考える。

学年末試験の結果がまだ、一之瀬の中にはくすぶり続けているんじゃないだろうか。

2勝5敗。Ｂクラスにとってはかなり手痛い敗戦になったからな。

こっちはＤクラスに落ちるとは言っても、ポイント差は確実に詰まっている。

1つの特別試験で入れ替わることも十分に起こりうること。Ｂクラスまでは団子状態と言っても過言ではない中、どうしていくかの話し合いは遅かれ早かれ必要なものだ。

1年の序盤に結んだ協力関係は、けして悪いものじゃない。

このまま曖昧な協力関係を継続し続けていれば、精神的負担は軽減される。

だが近い将来、この関係が互いに足かせになることも視野に入ってきた。

もっと場が逼迫した時、強引な協力関係の破棄を迫られることになるだろう。

それは俗に言う『不義理』ともなりかねない。

ともかくその辺りを明確にしておくため、下位クラスはもちろん、上位クラスでも今後に向けた指針を互いに打ち出す必要がある。

一之瀬からのアプローチを知れば、堀北も似たような考えを持つだろう。

単なる話し合いではなく、恐らく今後を占う上で重要な分岐点。

もし一之瀬がそこまで頭の回る状況でなくとも、堀北の方から切り出す可能性は高い。

今言えることは、話し合いを持たないという選択肢はないということ。

あとは両者のタイミングだけ。オレは今日で問題ないが、堀北はどうだろうか。

堀北兄の話じゃ、31日にこの学校を去ると言っていたからな。

残された僅かな期間、兄貴と話をしていたいと心の奥底では願っているはず。

今日くらい、兄妹水入らずの時間を過ごしても不思議じゃない。

それをあの兄貴が許すかどうか、そして堀北が会いきれるかどうかはまた別の話だが。

とりあえず堀北にはチャットを送っておくか。

ついでに兄貴とはゆっくり話が出来たか？とも文章を添えてみた。

一之瀬が会いたがっている旨を簡単に文章にして送ると、ものの数秒で既読がつく。

そして程なくして来る返事。

『私はいつでも構わないわ』

そんな返事。いや、いつでもってことはないだろ。

内心で突っ込みつつ、日時を明日に指定したらどんな返事が来るか気になったが、わざわざ気にしている部分を突くのも面倒なことになるだけだ。

その答えは兄貴に関する話題の一切を無視していることからも明白。

『なら4月2日はどうだ？』

一応気を遣って、今日と明日は外してみる。

『今日空いてる』

余計な気を遣うという、気迫の篭った文章がすぐに返ってきた。

素直に兄貴と過ごしたいというのは難しいだろうが、予定があるとでも返してくればいいのに。

こっちに予定があるんだなんて言っても、それを信じ込ませるのも一苦労しそうだな。

『そうだな。確かに面倒事は早めに片づけておきたい』

ここで逆らうと後々しんどいので、合わせておくことに。

話し合いが終わった午後でも、十分兄貴と会う時間は作れるだろう。

「……無理だな」

多分、このまま明日の別れの時以外、あの２人が内密に会うことはなさそうだ。

堀北に返事を送って、一之瀬と今日会う約束を取り付けることにした。

その後の一之瀬との話で、ケヤキモールの２階カフェで10時に落ち合うことになる。

1

４月が近づいていることもあってか、暖かくなりつつある気温。

朝の９時30分過ぎ。今現在は快晴ではあるが、昼過ぎから一時大雨の予報が出ているため、集合時間は早めだ。昼前には解散する予定になっている。

時間に余裕があるためのんびりとケヤキモールに向かうことにして、エレベーターを呼ぶ。

休みの日は特に、外ではいろんな生徒とすれ違う。

クラスメイトはもちろん、他クラスに2年生たち。

知人の少ないオレでも少し歩けば、何かしら顔見知りを見かける。

ただ、卒業生たちの姿は日増しに減り、もうほとんど見かけることはなくなった。

4月1日になれば2年生以下しかいなくなるため、数日間は閑散としそうだ。

そんな風に思っていた矢先、オレは同学年の見知った女子生徒と呼んだエレベーターで鉢合わせする。

「……またあんた……」

そんな嫌そうな声と共に限界まで距離を取ったのは、1年Dクラスの伊吹澪。

何となく長期休みは、伊吹とアレコレあるイメージだ。

向こうも同じことを思っているに違いない。

しかもエレベーターの中のため、密室空間とも言える。

「休み中なんだ。たまたま会うのは不思議なことじゃないだろ」

「そりゃそうだけど……私はあんたとかかわりあう気はもうないから」

「知ってる」

前回、オレの部屋に来た時もこの上なく嫌そうだった。

石崎に強引に連れられてじゃなければ、訪ねてくることもなかっただろう。

嫌われているオレだが、それでも龍園のために伊吹は一肌脱いだ。

それだけ龍園がクラスに必要な存在だと感じている証拠でもある。

乗らない選択肢もないため、オレは伊吹の待つ室内に足を踏み入れる。

「また止まったりしないでしょうね……」

「そう言えばそんなこともあったな」

アレは夏休みだったか。伊吹とエレベーターで一緒になり、閉じ込められた。

似たようなシチュエーションにお互い警戒したが、当然そんな偶然は二度も起こらない。

すんなりと1階のロビーにつくと、すぐに伊吹はエレベーターから降りた。

どうやら伊吹もケヤキモールに向かうのか方向は同じらしい。

「いいのか？　オレと歩調を合わせて」

さっさと離れるために駆けだしてもらってもいいわけだが。

「なんで私が。むしろあんたがさっさと走って行けば？」

一緒にいるのは嫌だが、自分から身を引くのは我慢ならないらしい。

その辺は伊吹らしいというか、負けん気の強さみたいなものを感じずにはいられない。

とは言えオレが離れるために走るのも変な話だ。

こっちとしては伊吹が傍にいても大した問題ではないし、何よりこれ以上早くケヤキモールに向かってても予定より早く着きすぎる。それこそ体力を無駄に消耗するだけだ。

結局両者譲らず、似たような足取りで進んでいく。

寮からは5分ほどの距離だ。すぐに別れることになるだろう。

「龍園が戻ってきて良かったな」

「うっさい、黙れ。話しかけてこないで」

ちょっとした雑談すらも許さない空気。これ以上、余計なことを言うのは止めておこう。

沈黙を恐れないようなので、ここは伊吹に合わせるように口を閉じることにした。

どこかピリピリとした空気の中の歩き。

「よー伊吹、ちょっと待てよー！」

そんな空気の中歩き出して間もなく、大声が後ろから聞こえてきた。

聞き覚えのある声は、1年Cクラス石崎だ。

龍園の側近の1人で、伊吹と共に行動することが多い。

意外とオレと絡むことも多いせいか、最近は普通に話せるようになってきた1人だ。

伊吹は振り返らず、表情も変えず歩き続ける。聞こえなかった……わけがない。

「おい待てって！　おい！」

「っさいわね。近くで大声出さないで」

「おまえが反応しないからだろうがー。お？　綾小路も一緒かよ。なんだおまえら、ひょっとして……デートか？」

走っておいついてきた石崎がそんなことを言うと、即座に伊吹の蹴りが膝裏に入る。

「いでっ！　なにすんだ！」

「蹴られた理由くらい分かるでしょ。つか暑苦しい、離れろ」

「んだよ。別にいいだろ、どうせこの後落ち合う予定だったんだからよ」

どうやらケヤキモールで、伊吹は石崎と合流予定だったようだ。

「じゃあ龍園ともか？」

「おうそうなんだ――いや……えーっと……」

自然な流れでオレがそう聞くと、石崎はうっかりといった感じで口を滑らせた。

「バーカ」

どうやら2人は、諸事情があって別々にケヤキモールで落ち合う予定だったらしい。

龍園の名前に強く反応していたことからも、想像は難しくない。

極秘に合流するつもりだったらしい。

「ま、まあいいだろ？　綾小路に隠したって仕方ないんだからよ」

開き直った石崎だったが、伊吹は厳しい表情を崩さない。

「仕方なくないでしょ。結局のところ、コイツ倒さなきゃ私らは上にいけないんだし」

「それはそうだけどよ……」

そういう話はオレがいない所でするべきじゃないだろうか。

龍園の復帰はまだ半信半疑なところがあったが、この感じを見るに間違いなさそうだな。

内密に会おうとしているのは、まだ表向きの復帰をしていないからだろう。

一度はその座を降りた龍園。当然クラスメイトたちが簡単に認めるはずもない。石崎も龍園を倒した男として持ち上げられているジレンマもある。

「なあ綾小路」

「ん？」

オレがそんなことを頭の中で考え整理していると、石崎が話しかけてきた。

「Aクラスに上がるための最強の方法を思いついたんだけどよ、乗らないか？」

あまりに唐突なフリに、なんと答えるか迷ってしまう。

「一応聞かせてもらおうか。その最強の方法を」

おう、と胸をドンと叩き石崎が誇らしそうに言った。

「おまえさ、俺たちのクラスに来いよ。そしたらAクラス行き確定だろ」

「はあ？　あんた急に何言ってるわけ？」

「龍園さんと綾小路が手を組んだら最強じゃねえか。坂柳だって一之瀬だって倒せるぜ」

どうやらそれが、石崎の思いついた最強の方法らしい。

ないない、絶対ないと伊吹は否定する。

しかし龍園と手を組むか……。

「悪い気はしないけどな」

「あんた……本気？」

気持ち悪がるような目でこちらを見てくる伊吹。

「だろだろ？　仲間になるって言うんだったら歓迎してやるからよ。龍園さんと綾小路は意外と相性いいと思うんだよ。アルベルトだっておまえのこと気に入ってるし。この間も綾小路の話題になった時にすげぇ興奮してたんだからよ」

山田アルベルトに気に入られているというのは初耳だ。

というかそれは気に入ってるって解釈で本当に大丈夫か……？

殆ど絡んだこともないが、唯一の絡みらしい絡みと言えば屋上の1件だけ。

殴り合いをしていて、気に入られたりするものだろうか。

どちらかと言えば恨みを買ってそうな気がするのだが。

「それ本人がハッキリ言ってたわけじゃないんでしょ？」

伊吹も疑問に感じたのか、石崎に聞く。

「男なら肌で感じることが出来るんだよ。勘だよ勘」

何ともあてにならない勘だ。

もし本気でオレが龍園のクラスに合流しても、殴りかかられる可能性があるな。

1人で思いつき、1人で盛り上がっていく石崎。

好意だけはありがたく受け取り、真面目に返答しておくことにした。

「実現は無理だ。大前提に、クラスを移動するための2000万ポイントはどうする」

学年末試験でBクラスに勝ったとはいっても、そうそう貯められる金額じゃない。

「それは、アレだよ。龍園さんが何とかしてくれるって」

「何とかするわけないでしょ」

「そうか？　龍園さんも綾小路が仲間になるとなったら手を貸してくれるって」

「私は貸すとは思えないけどね」

その点は伊吹に同意だ。あいつはそんな温いことを考えるような男じゃない。

オレと手を組んでまでAクラスを目指そうとはしないだろう。

男のプライドがそれを認めたりはしない。

いや、認めるような男ではあって欲しくないと思っている。

「手を組むより敵としていてもらう方が、こっちとしては楽しい。誘いは嬉しいが遠慮しておこう」

プライベートポイントの問題以前に、その点が重要だな。

「そうかよ。くそ、良い手だと思ったのに」

「あんたはあんたで変人ね。あいつと敵同士の方が楽しいって？」

鼻で笑う伊吹。視線は一切こっちを向いていなかった。

「ああ。何をしてくるのか、楽しみにしてる」

素直に肯定すると、伊吹は吐くような真似をして嫌そうなアピールをする。

あまり目立つ好戦的なことはしたくないが、龍園となら再戦してもいい。

ただし、そのためにはあいつ自身にもっと成長をしてもらわないとな。

堀北や一之瀬、坂柳と戦い、勝ち上がってくるところを見せてもらう必要がある。

程なくしてケヤキモールが近づく。

「悪いな綾小路、ここまでだ。おまえも俺たちとつるんでるところ見られると面倒だろ」

これからどこで落ち合うのかは知らないが、意見を交わし合うことは良いことだ。

石崎らしくないありがたい配慮を、素直に受けることに。

オレは入り口近くで石崎や伊吹と別れ、別の入り口からモール内に入ることにした。

出会った頃、石崎とここまで会話をする関係になるとは夢にも思わなかった。

伊吹とは初期よりも関係が後退した気はするが、それもまた変化といえる。

「1年経ったんだよな」

オレの周囲を取り巻く環境は1年間で大きく変わった。

他クラスの龍園や坂柳とも、正面から話をすることが出来るようになった。

そんな生徒がまだ何人もいる。

たった1年、されど1年。

確実に時間が流れている証拠だ。

小さい頃には分からなかった時間の流れを、今ならしっかりと理解することが出来る。

そう言えば、とオレは去年の今頃のことを思い出す。

高度育成高等学校への入学式を目前に控えながら、そのことを誰にも悟られないよう静かな時間を過ごしていた時期。オレは無の体感を味わっていた。特にあの男を……ヤツを刺激しないように努めていた。ヤツの目に留まれば阻止されることは分かりきっていたからだ。

様々な要因に救われた。もし日頃からオレの近くにいたならば、見過ごすことはなかっただろう。

だが、元々多忙なあの男は家に帰って来ることの方が少なかった。使用人という名の見張りは立てていたが、1年間の内、7、8割はホテル住まいをしていた。

オレ自身、家にいたとは言っても馴染(なじ)みがあったわけじゃない。

ホワイトルームで人生の大半を過ごしていたオレにしてみれば、家など1年弱過ごしただけの仮住まいに過ぎなかった。ホテルと何ら変わりはなかっただろう。

「ホワイトルームか」

あの男はまだ諦めていない。

いや、むしろ強い手ごたえを感じているはずだ。

オレの知らないこの1年間で、既に再稼働に至っていると見て間違いないだろう。

ホワイトルームに必要とされている限り、オレはあの場所へと戻ることになる。

この問題は遠くない未来、2年後に訪れる。

2年間、この学校で過ごすことが出来れば……だが。

今、この時に考えるのはあまりに勿体(もったい)ない話だな。

ともかく、1年前には想像もつかなかったような状況にオレはいるということ。

そして掛け替えのない思い出として、刻まれていることだけは確かだ。

集合場所のケヤキモールの北口付近に着く。
普段の休日であれば10時オープンだが、長期休み中は一部が9時から開放される。
この後向かう予定の2階のカフェも、その9時オープンの店舗だ。
「本当に満喫、だな」
好き勝手に行動し、自由気ままな高校生活を送っている。
携帯で同級生とやり取りをして、ちょっとした待ち合わせをしている。
どこか、まだ非現実な日々。
充実していないと言えば嘘になる。
もちろん学校生活の上で、面倒なことは色々とあるわけだが。
数か月前と今を比べても随分と変化してきている。
目の前から近づいてくる少女の存在も随分と受け入れるようになった。
そう……『表面上』のオレはまるで別人のようになってきている。
思考を一度停止させ、完全に別物に切り替える。
今は、これからの話し合いの方に注力することにしよう。
「随分と早い到着なのね。予定までまだ20分近くもあるのに。暇なの？」
当然ながら私服姿でやってきた堀北が、わざわざ携帯の画面を見ながら言う。
「その20分前に到着してるおまえだって同じようなものだろ」
お互い、春休みにたいして予定が入っていないことの証明をしたようなものだった。

特に打ち合わせのようなことをすることもなく、2階にある目的地へ。

「あなたも今日の話し合いが何であるか分かっているようね」

こっちが確認しないことから、そう判断したらしい。

正解だが、ちょっと誤魔化(ごまか)しを入れてみるか。

「どういうことだ？」

「分かってて余計な手順を踏むつもり？」

「いや、何を言いたいのかサッパリなんだが。一之瀬(いちのせ)は何を話すつもりなんだ？」

強引に押し通すことで、疑っていた堀北(ほりきた)を誤魔化すつもりだったが……。

「本当に分かっていないの？　もし分かったうえでとぼけているなら、承知しないわよ？」

「……まぁ落ち着け」

今にも噛(か)みついてきそうな堀北に睨(にら)まれ、オレはその誤魔化しをすぐにひっこめることにした。

「何となくは察してる。そんなに難しいことじゃないだろ」

「そんなに難しいことじゃないのだから、いちいち誤魔化そうとしないでもらえるかしら」

至極当然の突っ込みを入れられる。

こんなことで堀北の頭の中を探ろうとしても意味がないか。

「私が理解しているか、試したの？」

「勘繰(かんぐ)りすぎだ」

「本当かしら？」

鋭くなってきた、というよりオレのやり方を理解してきたというべきか。

堀北に浅い仕掛けは通じなくなってきたな。

これ以上の追及は傷を負うことになるだろうから、逃げることに。

「それよりも……着くぞ」

一之瀬がカフェの入り口で待機している姿が見えたので話を切り替える。

約束の時間まで10分あるが、一之瀬は更に早い到着だったようだ。

「一之瀬も春休みは、オレたちと同じで暇（ひま）なのかもな」

着いたばかりとは思えない。一体どれくらい前から待っていたのだろうか。

「私たちと一緒なわけないでしょう。彼女の場合は単純に律義（りちぎ）というか、しっかりし過ぎているだけ。相手を待たせることが嫌だっただけでしょうね」

堀北の言うようにそんなところだろうな。

「おまえの中でも一之瀬の評価はそんな感じなんだな」

「最初は善人のように振舞っているだけの偽善者だと思っていたわ」

言い過ぎなくらい、ズバッと思っていたことをストライクゾーンに放り込む。

「けれど流石（さすが）に1年で考えを改めたわ。彼女は純粋な、そして生粋（きっすい）のお人好（ひとよ）しだってね」

善人を装う人間は大勢いても、本当の善人はまず見つけられない。

大抵は心の中で毒づいているものだ。

その中の貴重な善人の1人は、あの一之瀬(いちのせ)であることはもはや疑いようがないだろう。

「どんな生活を送ってきたら、あそこまで善人になれるのかしらね」

それればかりはオレにも見当がつかない。

「善人であることは彼女の武器でもあり、そして弱点でもあるのだけれど」

そう言って、褒めるようなどこか危ぶむようなため息をつき、近づいていく。

純粋な善人であるほど、悪人には利用されてしまう。

「善人じゃないほうがいいと思うか？」

「自然に囲まれて1人山の中で生きるならそれでもいい。でも、競争社会で生き残るためには、私は完全な善人であることは捨てるべきだと思うわ」

「なるほどな」

「ただ彼女の場合は、きっと最後まで善人を貫き通すんでしょうね」

不利になるようなことであっても、一之瀬は善人であり続けるだろうと堀北(ほりきた)は言う。

「それでも一之瀬にも善悪の区別はついてる。クラスメイトに危害が及ぶようなことがあれば、どんなことだってする覚悟だと思うけどな」

「だといいわね。さ、くだらない話はお終(しま)いよ」

これからの話し合いに臨むべく、堀北は真剣な顔つきに変わっていた。

こちらも雑談を切り上げ、一之瀬に接触する。

「一之瀬さん早いわね。待たせてしまったかしら」

「おはよう堀北さん、綾小路くん。ううん全然、私もさっき来たところだから」

お決まりのセリフだが、さっき、とは本当にいつのことやら。

変わらぬ笑顔を向け歓迎する、私服姿の一之瀬に迎えられたオレたち。

「流石に朝一だと簡単に席が取れそうだな」

まだ生徒たちの姿も疎らで、どこでも座れる様子だった。

「ささ、好きなもの頼んで。私がご馳走するよ」

ドンと胸元を握りこぶしで軽く叩き、支払いに関して任せろと言ってくる。

「それが駆け引きの材料に――――なるわけないわよね？」

手料理を振舞って優位に物事を運ぼうとした過去があるだけに、堀北は一瞬警戒する。

「おまえじゃないんだ、ないだろ」

「言い方は気に入らないけれど……そうね」

さっき堀北自身が口にしたように、相手は他ならぬ一之瀬。

こんなところでマウントを取りに来るとは思えない。

もしマウントを取りに来ても、堀北ならマウントを取り返すくらいのことはするだろう。

「じゃあ、お言葉に甘えてもいいのかしら」

「もちろん。どうぞどうぞ。堀北さんから決めちゃって」

そんな風に一之瀬に催促され、先に堀北が注文することに。

ひとつ心配事があったオレは、小声で一之瀬に話しかけようと距離を詰める。

今日も微かにだが、シトラスの香りがするな。

「一之瀬、プライベートポイントの方は大丈夫なのか？」

奢ると申し出てくれるのはありがたいが、Ｂクラスのクラスメイトの退学阻止に伴い０ポイントになったはずだ。

呼び出した手前、奢るくらいはと思っているんだろうが懐具合を心配する。

「あ、うん。ここで支払った後も、あと３０００ポイントくらいは残るかな。大丈夫だよ」

間もなく４月。

それだけの残金があれば、確かに乗り切るのに問題はなさそうだ。

しかし一度プライベートポイントは０になったはず。

そんなオレの疑問を感じ取ったのか、一之瀬が補足する。

「ドライヤーをね、Ａクラスの西川さんに買い取ってもらって工面したの。３月を乗り切るためには仕方ないかなって。他の子たちも似たような形で頑張ってもらってる」

無料で凌げるように制度が出来ているといっても、元手が必要になるケースはある。

店で買うよりも安いなら、売買など上手く交渉が成立することも普通にあるだろう。

「だから綾小路くんも遠慮しないでね。さ、頼んで頼んで」

背後に回った一之瀬は背中を優しく押し、そう言った。

確かにオレだけ遠慮するのも、一之瀬にとっては逆にうれしくないことだろう。

堀北が注文を終えたところで、続いてコーヒーを注文する。

それから３人で商品を受け取り口でもらい、オレたちはカフェ一角のテーブル席に着く。生徒たちが少ないうちに、話を進めておきたい。２人の意識はそこで統一されているはずだ。早速というように堀北が話を切り出す。

「声をかけてきたのは試験に関する話かしら。それとも４月以降の方針に関して？」

オレと事前打ち合わせするまでもなく、堀北にも一之瀬の話の予測は出来ているようだ。

「あはは、見抜かれてた。正解だよ」

笑いながら認める一之瀬だが、目の方は真剣そのもの。

この話し合いが軽いモノではないことをよく理解している証拠だ。

「迷惑だったかな？」

「いいえ、私も近いうち必要だと思っていたから、一之瀬さんから声をかけてくれて助かったわ。あなたは人気者だから予定を押さえるのは難しいもの」

「そんなことないよ。春休みは結構暇してるんだから。いつでも声かけてね」

答えて一之瀬は小さく微笑む。

その様子には、どこか切なさを滲ませているようにも見えた。

誘いはあるが断っている、といったところだろう。

その原因が何であるかは当然、堀北にも察しのつくところだ。

「最終試験は苦戦したみたいだな」

話の切り出しとして適切ではないかも知れないが、オレはそう一之瀬に話を振る。

傷口に触れないよう遠回しで話を進めても、遅かれ早かれ触れることになる。

それなら最初にある程度痛みを伴っておいた方が完治も早い。

少し遠回りするつもりだったのか、堀北は硬い表情を一瞬だけ見せたが。

それでもこちらが切り出したのを察知するや切り替える。

「いやー、うん。負けちゃった。龍園くんの作戦にまんまとやられたって感じ」

思い出しているのか、深いため息とともに首を左右に振った後に肯定した。

どこか焦燥感を漂わせた一之瀬は、繰り返し自分に対して落胆のため息をつく。

「私は詳細も何も知らないの。何が敗因だったの？」

「敗因は明らかだよ。私がダメだったんだ」

一之瀬は相手のせいやクラスメイトの責任にはしない。

当然、司令塔だった自分だけが全ての原因だというように、迷いなく答えた。

「直接試験を見ているわけではないけれど、あなたが大きなミスをするとは考えにくい」

「買い被り過ぎだよ。もう、ホントにパニックの連続で……」

褒める堀北に対して、一之瀬は謙遜して否定した。

いや、実際にパニックだったことは間違いないのだろう。

龍園が登場した時から、焦りが見えていた。それを試験中にまで引きずったか。

「司令塔は金田くんだと決めつけてた。それが、その事実が真っ先に歯車を狂わせたの」

「無理もないわ。彼は一度クラスのリーダーから退いていた。それに、プロテクトポイントを持たない生徒は司令塔になることはない。それは龍園くんを除き全員が思っていたこと」

その通りだ。オレや坂柳すらも龍園が出てくるとは頭の片隅にも置いていなかった。

対戦相手の一之瀬からすれば、驚くなという方が無理のある話。

負ければ退学。そんな捨て身の戦いが出来るのは龍園をおいて他にはいない。

「最後まで気持ちを立て直せなかった私に責任があることは変わらないよ」

対金田と考えていたところに龍園が現れる。

他人事ながら同情したくなるような状況ではあった。

司令塔の出来ることは限られる。

だが会話自由のあの試験、徹底的に会話術で一之瀬を追い詰めてたはずだ。

「綾小路くんたちは、Ａクラス相手に善戦したんだってね」

話を返してくるように、一之瀬はオレたちを褒める。

ここでひとつ問題が出るとしたら、オレがＡクラスとの戦いを一之瀬に希望したこと。

この事実を堀北は知らない。堀北はオレにＤクラスと戦うよう指示をしてきた。そしてくじに敗れた結果、それが叶わなかったということになっている。

話の進め方によっては、矛盾が出ると少し厄介なことになる。

一之瀬と予め打ち合わせしておけば良い話にも思いがちだが、ここで厄介なのはＡクラスとの戦いを希望したのは堀北だということにしてあることだ。

堀北の指示でAクラスとの戦いを希望したと思っている一之瀬。

くじに負けて仕方なくAクラスと戦うことになったと思っている堀北。

両者共に真実には気づいていない段階。

このまま気付かせないよう、強引に推し進めることも出来ないわけじゃない。

いつものオレなら、間違いなく事前に根回しを済ませている。

あるいは急場を凌ぐために、気付かせないよう立ち回る。

ちょっとした思案のしどころだが、ここはあえて自分の身を切ることにした。

このタイミングまで何も手を打たなかった理由。

それは、堀北がどこまで成長したかを確かめるため。

「負けは負けだ。わざわざおまえにAクラスと戦う権利を譲ってくれとまでお願いしたのにな。もしBクラスがAクラスと戦ってたら結果は違ってたかも知れない」

そんなオレの何気ない一言を聞いて、一瞬堀北が視線だけオレに向ける。

もちろん、この視線が持つ意味は考えるまでもない。

『Aクラスと戦うことを指名したってどういうこと?』そういう視線だ。

だがオレがそのままスムーズに話していることから、この場では話題を流す堀北。

この一瞬の視線は一之瀬すら疑問を抱く余地を与えないほど、自然で僅かなものだった。

今触れるべき内容でないことを、耳にした瞬間に把握した証拠だ。

かつての堀北なら『今のはどういうこと』と口にして一之瀬にも疑問を与えた。

そこまで至らなかったとしても変な動揺を一之瀬に植え付けていただろう。

理解力も判断力も随分と上がっている。いや、冴えてきたというべきか。

ここで堀北が堪えることで、一之瀬には『やはり堀北が決めた』という事実だけが残る。

他クラスに対して、オレの存在感を薄めることが出来る。

「私のお願いのせいで、結果的に一之瀬さんたちは苦しい戦いを強いられたわね」

こちらの強引な歩幅に合わせるように、堀北が一之瀬に謝罪する。

「それは自己責任だから。堀北さんが謝ることじゃないよ」

相性の悪さが露見しやすいDクラスとの戦いは、結果的にBクラスの2勝5敗。

それによってBクラスは一気にクラスポイントを失うことになった。

「全部たられればだから。そもそもくじ引きで勝ったのは、Dクラスの金田くんだった。そしてBクラスを指名したんだから、その点は問題じゃないよ」

確かに、結果論だけを見ればそう言うことになる。

根回しせずとも、Bクラス対Dクラスの戦いは避けられなかった。

「堀北さんたちが気にすることじゃない。私が……私がもっと、しっかりと勝てる戦略を練って挑むべきだった。そのことを強く反省してる」

前向きな発言ではあるが、どこまで切り替えられているかは別問題だ。

「もしあなたさえ良ければ、どんな種目でどんな戦い方をしたのか教えてもらえないかしら。もちろん引き換えと言ってはなんだけれど、私たちのことも詳しく教えるわ」

堀北も噂話程度であれば話を耳にしているだろう。

だが具体的に司令塔の間で起こったことは、当事者たちにしか分からない部分だ。

その提案に対して、一之瀬は頷く。

一之瀬たちが選んだ種目、龍園たちが選んだ種目。

どんな順番で、どの種目が選ばれたのか。龍園が仕掛けてきた手。

そしてどこで勝ちどこで負けたのか。負けた理由も含めて包み隠さず話す一之瀬。

龍園たち現Dクラスは、種目の全てを格闘技系に固め勝ち抜き方式を採用していたこと。

Bクラスにとってかなり致命的な種目。

「流石と言ったところかしら。自分たちが活かせる戦い方をしてきたのね」

「オレたちでも対抗できなかっただろうな」

「そうね……男子は須藤くんくらいよね、勝ちを確実に拾えそうなのは。いえ、それも山田くん相手となれば絶対の保証はない」

高円寺が本気を出せば頭数に入る、というのは流石に堀北も口にしない。

女子の方でも堀北以外じゃ、どこまで対抗できるか怪しい。

「龍園くんの戦い方なら、Aクラスにも勝ち得たわね」

「それは同意だ」

完全なくじ運。少しでも龍園に運が傾けば、どのクラスにでも勝てる可能性があった。

それでも総合して、一番勝率が高くなるのはBクラスを相手にした時。

最初から完全な狙い撃ちをしていた証拠だ。

「けれど、Ｂクラスが選んだ種目の方が多かったのに、２つも落とした理由は何かしら」

龍園の戦略は確かに強力だが、それはくじ運を掴んだ場合だ。

Ｂクラスの種目から４つ選ばれていた点からも、一之瀬に一定の勝ち目はあった。

「……うん」

まだ何も知らない堀北。当然オレも、この場では何も知らない前提で話を聞く。

龍園が仕掛けた戦略。それがどのようなものであったかを。

生徒たちを、何をするでもなく、つけまわし精神的苦痛を与え続けたこと。

強引に接触し、プレッシャーを与えたこと。

そして当日に突然の体調不良で、数名が実力を発揮できなかったこと。

しかし最後まで語った後、一之瀬はこう付け加える。

「私は自分が選んだ得意種目を落とした。臨機応変に対応できなかった、司令塔のミス」

龍園のせいではなく、自己責任だとハッキリ言った。

「複数人が腹痛、そして精神的に落ち着きがなかったというのは……」

当然、堀北にもそれが龍園の放った戦略だということは分かる。

「間違いなく龍園くんの罠だったと思う。体調を崩したクラスメイトにヒアリングしたら、試験の前にカラオケで石崎くんたちに絡まれたって後で聞かされた」

カラオケ、か。生徒たちが監視の目を受けないで済む数少ない場所だ。

そこで何らかの細工をして一服盛った。随分とハイリスクな手を打ったものだ。

「ダメ元で学校側に訴えるべきじゃないかしら」

既に試験終了から1週間は経過している。生徒たちの食べ物や飲み物などは当然処分されてしまっているだろう。薬局で薬を購入した形跡は見つけられても、それを実際にBクラスの生徒たちに使用したかは水掛け論になってしまう。

「訴えを起こすことは悪いことじゃない。今回は実らなかったとしても、次回への牽制にはなるわ。無茶を繰り返せば当然学校側の判断も厳しくなる」

事実であれば由々しきことであり、学校が対策に乗り出す可能性はあるだろう。

「かもね。でもどちらにしても、私は今回の件で何も報告するつもりないかな」

そんな提案を一之瀬は突っぱねる。試験が終わってから1週間。その間に何度も、クラスメイトからは訴えるように進言されていたはず。それでも動いていないから当然か。

「どうして？　完全な泣き寝入りで構わないの？　彼らに見過ごした、些細な落ち度でもあれば、試験の結果がひっくり返る可能性もある大きな事件よ」

証拠が絶対に出てこないとも限らないと堀北は言う。

場合によっては停学以上の措置を受けることもあるだろう。

時間が経てば経つほど訴えは難しくなる。

「あなたさえ良ければ、私も協力するわ」

堀北であれば絶対に泣き寝入りしない。だからこそ、強く一之瀬に申し出る。

「ありがとう堀北さん。だけど、やっぱり訴えないかな。現時点では確実な証拠はないし、それに……今回のことを強い戒めにしたいの」

「戒め？　どういうこと？」

堀北の説得にも、一之瀬は首を縦に振らない。

「私、運が良かったと思ってる」

先ほどまで沈んだ表情をしていた一之瀬だったが、その瞳に活力が僅かに戻っていた。

壊れかけたエンジンが、必死に点火しようともがいているように。

「もし、今回の試験みたいなことが2年生の終わりや3年生の大事な時に起こった出来事だったら、どれだけ窮地に追い込まれていたか分からない。でも、今ならまだ大丈夫」

うんと頷き、一之瀬は力強い瞳でオレたちを見る。

それが今この瞬間だけの輝きだと分かったのは、恐らくオレだけだろう。

「今回の負けはクラス全体で重く受け止める。そして、次に活かすことに決めたの」

「そう。それなら他所のクラスの私が余計なことを言う必要はないわね」

「そうだな」

この場では、ひとまずBクラス対Dクラスの話し合いは終わりを迎える。

一之瀬対龍園の試験内容は聞いた。今度はオレたちの出番だ。

堀北が一度こちらを窺うように目で伝えてくる。

司令塔だったあなたが話して？という確認だ。

オレは司令塔として、一之瀬（いちのせ）と同じように種目とその結果を報告していく。

その内容は当たり障（さわ）りのない淡々（たんたん）としたものだが。

どんな種目で戦い、どんな勝ち方、負け方をしたのか。

フラッシュ暗算でオレが最終問題を答えたことなど、もちろん余計なことは話さない。

「結果は聞いてたけど良い勝負だったんだね」

「とはいえ、もつれ込んだ7種目は坂柳（さかやなぎ）のチェスに力及ばず敗北、そんなところだ」

チェスに関してはゲームのひとつ。元々自信があった種目だと言っておけばそれほど深く突っ込まれることはない。何より坂柳に負けている以上、そんなものかで済む。

「唯一の好材料……と呼べるかは微妙だけれど、マイナス30ポイントで済んだことは救いね。上位のクラスとこれ以上離されるわけにもはいかないもの」

「堀北（ほりきた）さんたちは着実に力をつけてきてる。私たちも油断できないよ」

近い将来ライバルになることを見越し、一之瀬は素直にそう賞賛（しょうさん）を送った。

「そうね。私たちのクラスは強くなる」

その自信を持った堀北の言葉と目を見て、一之瀬も小さく頷（うなず）いた。

「今日の話し合いで一之瀬さんに伝えておきたいことがあるの、いいかしら」

「うん」

ここからが、後半戦。本当の話し合い。

一之瀬からではなく堀北から切り出した。

「率直に言って、来年度からは協力関係を撤廃させてもらいたいの」

その堀北の提案は思いがけないもの、ではなく一之瀬も覚悟出来ていたことだ。

「多分そう提案がくるんじゃないかなって思ってた」

「私たちは1年生最後の試験でAクラスに負けて、Dクラスに落ちるわ。順位だけを見れば負けたままだけれど、内容ではけして負けていない。いいえ、むしろ詰めたと思ってる」

「そうだね。一度0ポイントになってたことを考えれば、年間で一番クラスポイントを増やしたのは堀北さんたちのクラスだし。それにAクラス相手に3勝4敗の惜敗……」

計算すれば簡単に分かることだが、一之瀬もその事実には気がついていた。

数字の結果の僅差も然ることながら、勝負はどちらに転んでもおかしくなかった。

月城の妨害があったことが決定打だったものの、勝つチャンスは十分にあったと言える。

「でも、上手く関係を維持することは出来るんじゃないかな？」

堀北に対して、一之瀬はすぐに撤廃を快諾しなかった。

「たとえばクラスポイントがもっと詰まった時に、また話し合うとか」

「ありがたい申し出ね。でも、やはり協力関係は続けるべきじゃないと思ってる」

協力関係を安定して成立させるには2つ条件が必要になる。

1つはクラスポイントの差が埋めがたいほど広がっていること。

1つは協力関係の上に立つクラスが安定していること。

去年5月地点では６５０ポイントの差があった。そしてBクラスは年間を通じ安定したポイントを保持して推移させてきた。だからこそ苦戦しているオレたちのクラスと組んでも支障が生じることはなかった。

ところが今、その両方がない状態だ。オレたちのクラスは一年を通じ３００ポイント以上を獲得し、逆にＢクラスは数字を落とす結果に終わった。差は大きく詰まっている。

つまり２つの条件、そのどちらをも満たしていないことになる。

「私は来年度、Ｂクラス以上になることを確実な目標にしたいと思っている。そしてＡクラスを抜き去るため、ポイントも射程圏内に捉えるつもりよ」

強い目標を打ち立てた堀北に、一之瀬は動揺を見せた。

「……そう、そうだね」

それはつまり、目の前にいる一之瀬率いるＢクラスを倒すということでもある。

当然、そうなれば協力関係だのと言ってられなくなる。

中途半端な関係は、完全に足かせになると判断しての拒否。

「異論ないかしら、綾小路くん」

「ああ。もちろんおまえに従う。Ａクラスに上がるための正しい判断だ」

堀北に問われオレも頷く。その判断は間違っていない。

一度目を閉じ、一之瀬は大きく息を吐いた。

「救いようのなかった私たちに協力関係を持ち掛けてくれた一之瀬さんには感謝しているわ。でも……恨まれるとしても、この先私たちは敵同士よ」

そんな堀北の決意を、一之瀬は静かに受け止めた。

「恨むなんてとんでもないよ。元々敵同士だった私たちが一時的に休戦していただけ。私だって沢山感謝してるんだから」

ゆっくりと目を開いた一之瀬は、当然堀北やオレを憎むような眼(め)はしていない。

「2年生からは明確な敵同士だね」

「ええ」

差し出された一之瀬からの手を、堀北は力強く握り返した。

堀北の頭の中にもある程度計算はあるはずだ。Bクラスの強み、そして弱み。

どうすれば倒すことが出来るのか。

そして一之瀬にも同様に見えているであろうオレたちのクラスの戦力。

どうやって抑え込むか。それをこれから考えていかなければならない。

こうして短いオレたちの対話は終わりを告げた。

4月からはBクラスとの本格的な戦いも幕を開けることになる。

2

解散となったが、一之瀬はしばらく残るとのことだった。

敗戦と協力関係の破棄(はき)。いろいろと頭の中を整理しておきたいところだろうしな。

そのため、オレたちは一足先に帰ろうとする。程なくして階段に着き降りていく。

そんなケヤキモールのカフェからの帰り、背後から堀北に呼び止められた。

「ちょっと待って」

振り返ろうとしたオレに対し、堀北はこう言って制止する。

「振り返らずに聞いて欲しいことがあるの」

そう要望を受ける。

その真剣な口調に、オレは同意の合図として振り返らないことにした。

「なんだ、急に」

「なんだ急に？　私に謝っておくことがあるんじゃないかしら？」

背中越しに怒ったような声が飛んでくる。

「なんのことか分からないな」

それでも白を切ろうとすると、堀北は迷わず本題に触れてくる。

「Aクラスと戦えるように、Bクラスの一之瀬さんにあなたが根回ししたのね？」

「そのことか」

「私が話を合わせなかったら、厄介なことになったんじゃないの？」

「問題なく合わせただろ」

「それは——余計なことになると思ったからよ。説明してもらえるかしら」

「一之瀬も言ってただろ。金田がくじ引きで勝ってBクラスと戦うことを決めた。つまり、オレが裏で何をしてても結果は変わらなかったってことだ」

「私が聞いているのは、どうして無断でAクラスと戦うことを決めていたのかってことよ」

「勝てる可能性が一番高いと判断したんだ」

「どう考えても金田くんや龍園くんのクラスと戦う方が良かったと思うのだけれど？」

「Bクラスと同じようにやられてた可能性も高い。須藤や堀北くらいだろ、通用するのは」

「それは結果論よ。あの時は間違いなくDクラスと戦うべきだった」

一歩、こちらに詰めてきたのが声の距離感で分かった。

それでも強くは詰めてこない。

「私の言っていることは間違っているかしら？」

「いいや。確かにAクラスと戦うのは最大のデメリットだ、それは否定できないな」

「私の忠告を無視したことはこの際置いておくわ。どうしてAクラスだったの」

独断で決められたにしても、その点だけは納得いかないんだろう。

「どうしてだと思う。どうしてオレがそんな根回しをしたかおまえに分かるか？」

こちらから問い返してみる。けして答えの出ることのないであろう問いかけ。

オレと坂柳の関係、ホワイトルームの因果を知らない人間には解けない問題。

「推理できる材料で考えるなら……あなたの言った『勝ちの可能性が一番高い』の言葉から答えを導き出すこと。なら、何故BクラスとDクラスを除外しなければならないのか。まずBクラスは問題なく外せるわ」

わざわざ根回しせずとも、Bクラスとは協定関係にあった。

その協定を破ってまで、一之瀬が戦いに来る可能性は低いと判断してもおかしくない。

「問題はDクラス。普通なら迷いなく選ぶ対戦相手だけれど……。実際に戦ったBクラスは大敗を喫した。それは龍園くんの奇策が上手くハマったから。私たちも、同じフィールドに引きずり出されていたら勝負はどうなっていたか分からなかった」

互角、あるいは不利になっていた可能性も排除しきれない。

「誰もがDクラスは簡単な相手だと思っていた。だからこそあなたは不気味さを感じた」

恐らく導き出せる最大限の推理だろう。

「龍園くんが出てくることや選んでくる種目を予見していたの？」

「もしかしたら、ってな。それでBクラスを人柱にしようとしたんだ」

「もし言っていることが本当だとしても、それは私に相談すべきだった」

「そうだな」

そこは否定せず受け入れる。

オレが単独で動いて良い理由にはならない。

「でも――本当にそれが理由かしら」

「と言うと？」

「クラス内投票であなたはAクラスから多くの投票を得て1位になった。そしてプロテクトポイントを得た。退学を賭けた司令塔としてAクラスと戦うことになったわけだけれど、これは単なる偶然？　まるで……あなたと坂柳さんが示し合わせていたような……」

今の話には単純な偶然もある。だが、オレと坂柳の関係性とその背景に気付き始める。

「いいわ……これは流石に無茶もある。何より確証すらない話よ、忘れて」

そう言って堀北は自分の発言を取り下げる。

「考えを改めて聞いておきたい。今、あなたはAクラスに上がるつもりでいるのよね？」

「さっきそう言ったよな」

「ええ。でも、それが本心かどうかは分からない。入学当初から最近まで、私が知る限りのあなたはクラスが上にあがることに対して極めて消極的だったわ」

「人は成長する。おまえだって入学当初からは見違えるほど成長した、それと同じだ」

実際、オレは上位クラスを目指す考えを持ち始めているが、それを信用できないと疑ってくるのは無理もないことだ。特に堀北に対してこっちは協力的じゃなかったからな。

相手の立場に立ってみれば不気味な存在に映っていても無理はない。

「そうね。人は成長する……見方も変わってくるわね」

一定の不満は持っているだろうが、やや強引に自分自身を納得させる堀北。

だが、今回の話はこれで終わりそうにない。

「私たちのクラスは成長した。強くなっている実感もある。だけどそれじゃまだ足らない。Aクラスに上がるためにはあなたの協力は必要不可欠なの」

「つまり？」

「これまであなたは、勉強も運動も中途半端に手を抜いてきた。確かに平均的位置にいるなら足を引っ張っていることにはならないけれど、それでは貢献にもなっていない」

耳の痛い話だ。目に見える貢献度では、確かに殆ど成果を得られていない。

「もうその縛りを解き放ってもらえないかしら。この先、どんなことにも全力で取り組んでもらいたい。それこそが、Aクラスに上がる意思のある証明でもあるはずよ」

これは脅しやお願いという類のものではない。

オレの出方を窺うための言葉。もちろん、とげとげしいものがあるのはご愛敬だが。

「断る」

「やっぱり」

呆れるよりも、分かっていたと鼻で笑う。

「あなたは口先だけ。Aクラスに上がるための協力なんてするつもりがないのよ」

「少なくとも現状ではな」

売り言葉に買い言葉で、オレは堀北に言い返した。

今言った言葉がどんな意味を持つのか、処理に少しだけ時間がかかる。

「……え？　現状では？」

絶対に引き出せないと思っていたオレからの協力。

だが、オレは今ある程度譲歩しても良いと思っている。

「こっちにも積み上げてきた1年間の事情がある。春休み明けいきなり全力でやれば、クラスメイトどころか学年全体……いや、学校全体で噂が駆け巡る。それは極力避けたい」

「あなたが優秀なことは認めるけれど、随分高い自己評価ね。いったん勉強だけに絞って話をするけれど、クラスメイトだけでも私や幸村くん、他クラスなら一之瀬さんや坂柳さん。大勢上位に名を連ねる生徒がいるのよ？　あなたはそこに肩を並べられるのかしら」

急に割って入っていける話じゃないと堀北は呆れながら言う。

「確かにギャップという意味では一時的に悪目立ちするでしょうけれど、結果的に学年の上位10～20％の立ち位置に落ち着くのなら、すぐに馴染むんじゃないかしら。短期間で劇的に成績が伸びる生徒なんて、珍しいものじゃないわ」

堀北の考えでは、そういう結論で終わるらしい。

その物差しが正確なものなら、確かにそれで終わるかもしれない。

だが、正確でない以上話は終わらない。

「悪いが堀北、現状は同学年で相手になるヤツはいないと思ってる」

成長の伸びしろがある生徒や、不真面目で本領を発揮させてない生徒を除いてだが。

「……言うわね。呆れるほどに大口だわ」

納得するはずもなく、堀北は反論する。

「兄さんに一目置かれているからと言って、それは何の証明にもならない。あなたは明確に私に対してどれだけ凄いかを、まだ一度も見せることが出来ていないのよ」

「これまでの日々じゃ足りないか」

「勉強であなたが1番である証明はある？　いいえ、勉強以外でもいいわ。その大言を認めさせるには、何でも勝つくらいの実力が必要よ。たかだか1つの種目ではあるけれど、あなたは坂柳さんにチェスで負けたわ。もちろん、信じられないくらい高レベルな争いだったことは認める。でも、負けは負けよ。それで同学年に相手がいないなんてよく言えるわね」

「どう捉えるのもおまえの自由だ堀北。オレの発言は単なる虚勢かも知れないしな」

「結局そうやって逃げるんじゃない。あなたは不真面目なだけの嘘つきだわ」

「ならその烙印を押し付けることで満足してくれるのか？」

その返しに、堀北が黙り込む。

鬱憤を晴らすことで満足するのなら、これでこの話は終わりになるだけだ。

階段を降りようと一歩、足を踏み出そうとする。


「――――試させて」


強い口調で、そう返ってきた。

「なにを」

「本当の実力をよ。頭が良いことも運動神経が良いこともある程度分かるけれど、雲を掴むようにハッキリしない。あなたの実力は何もかも不明確なまま」

自分の持つ物差しで推し量りたいということか。

「あなたの実力が隠すに値するものなのかどうか知りたいの」

「おまえが正確な物差しになれる自信はあるのか？」

「私はあなたより筆記試験で高い点数を取れる自信があるし、本気で戦えば喧嘩で勝てる自信だってある」

確かにこの一年、当然のように堀北はテストでオレよりも常に上であり続けた。

足の速さや筋力は男が有利だとしても、技術を織り交ぜた戦いならば有利だと言いたい気持ちも分かる。事実堀北は体調不良の中で伊吹相手に好勝負を繰り広げていた。

それに入学当初兄貴と軽く揉みあったことも見ているはず。

それらを加味した上で自信をもって、オレに勝てるとの断言だ。

「なら、それをどうやって試す？」

「方法なんて幾らでもあるわ。私かあなたの部屋でだって筆記試験の勝負は出来る」

後ろを振り返るなと言ったのはオレと声以外の駆け引きを避けるためだ。目と目を合わせるだけでも様々な感情を読み取れてしまう。それを不利だと判断しての立ち位置。

唯一心理戦だけはオレとしたくないと、警戒している。

「受けてもいいが一方的な話ばかりだな。こっちに得がない」

「損得の問題かしら。あなたは実力を隠しその秘密を私に握られている。ここで受けなければ強制的にバラしてしまって、無理に表に引きずり出すことだって出来るのよ？　ただでさえあなたは、最近色々と注目の的だもの。誤魔化しきれないんじゃない？」

脅しとしても弱い。今後不利益になることを思えば堀北はどのみちバラしたりはしない。

ただ、堀北の成長を考えればここが妥協ラインかもしれないな。

こちらの長考に対して堀北も静かに答えを待つ。

「ならこうしよう。4月以降の筆記試験で1科目だけ事前に決めて高得点を競う。これなら仮にオレが100点を取っても、1科目だけ猛勉強したからと言い訳も立つ」

他の科目が高い点数でなければ十分に通じる言い訳だろう。

「実力を測るには、少し弱いけれど……ともかく公式の場での戦いでいいのかしら」

「一応おまえに負けた時のことも考えておかないとな。今後全部の科目で高い点数を取ることになるなら、その布石は作っておきたい」

「いいわ。あなたの案に乗ってあげる。けれど、対決する科目の決め方はどうするの？」

「もちろんおまえが好きに選んでいい。時期も当然任せる。そして、その対戦科目が何であるかは本番当日、試験直前に伝えてくれて構わない」

「なるほど……事前通達なしであなたが勝つためには、日頃から満遍なく勉強しておくことが最低条件になる。1科目だけでもある程度実力が推し量れるということね」

これなら、ある程度堀北にも納得してもらえるだろう。

「私が勝ったら、その時はあなたの実力はそれほどじゃないと判断して、以降は全てに対して全力で取り組んでもらうことになるけれど、それでいいわよね？」

「ああ。ただしこっちが勝ったらオレの願い事を1つ聞いてもらうぞ」

「そうね、一方的なのは不公平ね。何が望み？」

「さあ。何にするかは考えておく」

「……卑怯じゃないかしら。ここで快諾すれば無茶な要求も飲まなくてはならなくなるわ」

「もう負けた時のことを心配してるのか？　もっと強気な上での提案だと思ったんだが」

「言うわね……」

「無理しなくていいんだぞ。自信がないなら、この勝負自体を無しにしてもいい」

そう言われれば、堀北は当然下がることは出来なくなる。

「いいわ、もし私が負けたらどんな条件でも飲む。これでいいかしら」

「十分だ。決まりだな」

こうして4月以降、一番近いテストでの堀北との筆記試験対決が確定する。

歩みを進めた堀北がオレの隣に立つ。

そして、先に降りていく。

「楽しみにしているわ。あなたとの直接対決」

もちろん、堀北は万全の対策を取って試験に挑んでくるだろう。

ま、こっちはいつも通りにやるだけなんだがな。

オレはその場に立ったまま、決意を固めた堀北の背中が見えなくなるまで見送った。

「さて、オレはこの後どうするかな」

当初は真っ直ぐ帰るつもりだったが、少し気が変わった。

少し一之瀬の様子が気になるな。

先に帰ってくれということだったが、今1人で何を考えているのだろう。そんなことを考えていると、ある男がこちらを見ていることに気付いた。

たまたま目が合ったわけではないようだ。

その視線に誘われるように、オレは階段を下るのだった。

3

同日、午前11時半過ぎ。

ケヤキモール2階の男子トイレ。

そこで2人の男が立ち話を行っていた。

1人は一度リーダーの座を降り、そして再び表舞台に戻ってきた、龍園翔。

そしてもう1人は、1年間クラスをキープし続けたAクラスの生徒、橋本正義。

偶然に集まったのではなく、橋本から連絡をしてあえて人気のないこの場所を選んだ。

「で？　こんなところに俺を呼んでどんな悪巧みを話そうってんだ？」

「悪巧みなんて人聞きの悪い。ただ1年間の総括でもしようと思ってな」

そんな風に、どこかすかした態度を取る橋本。

常日頃から掴みどころのない空気を出す男を龍園は嫌いではなかった。

しかし、同時に好きでもない。

まだ石崎や伊吹のような体力バカの方が分かりやすくて好感が持てる。

もちろん橋本も龍園を信用してはいないし、信用されているとも思っていない。

利害が一致している間だけの関係。

だが、それは時に強固な繋がりであることも2人は知っている。

「学年末試験じゃBクラスをボコボコにしたみたいだが、完全復活と見ていいのか？」

「さあどうだろうな。単なる気まぐれかもな」

真面目に答えず、龍園は腕を組んで笑みを見せる。

「気まぐれ？　だとしたら、これ以上ない怖い気まぐれだな。気まぐれでAクラスまで狙われたらたまったもんじゃないぜ」

戦うのはごめんだと、橋本は白旗をあげるように一度両手を軽く上げて見せた。

「そんなに俺の動向が気になるのか？」

「一度後ろに下がったおまえがまた前に出てきたんだ、気にならないほうが変だろ」

自分たちの障害になりうる存在の動向には、人一倍気にかけている。

「坂柳に指示を受けて偵察にきたか？」

「生憎と、簡単には答えられない質問だ」

曖昧にする橋本だが、これが坂柳の指示で嗅ぎまわっているわけでないことは龍園は分かっている。その上で、あえて龍園は一度坂柳の名前を出し橋本の様子を探った。

「それで？　今後はどうしていくつもりなんだ？」

「どうしていくもクソもあるかよ」

鼻で笑うと、龍園は橋本へと詰め寄っていく。

僅かに体を強張らせた橋本は、万が一のための防衛、その気構えを作る。

自ら選んだ場所とはいえ、ここは人気の少ないトイレ。もしもの時に身の安全を保障してくれる監視カメラはない。携帯で録音もしくは録画しておくべきだったと脳裏を過ったが、それがバレた時に龍園との関係が消滅する恐れもある。

「二重スパイとして賢く立ち回ってりゃ勝てると安易に思うなよ？」

笑いながらもかけてくるプレッシャーは、凡人のそれとは大きく異なる。

「はっ。腐っても鯛、迫力満点だな」

若干の焦りを感じながらも橋本は喜びを同時に感じていた。

Aクラスは盤石。しかし坂柳の気まぐれ次第では上にも下にもブレる。

その下にブレた時、勝ちあがって来るのは十中八九龍園のクラス。

そこに唾をつけておくのは当然の判断だった。

だからこそ否定しておくべきポイントを橋本は口にする。

「悪いが龍園。俺は2クラスだけで済ませるつもりはないぜ」

「クク、どういう意味だそりゃ」

「ちょっと早いが――」

橋本は携帯を取り出し、わざわざ一度龍園にディスプレイを見せる。

録音などを行っていない証明をしつつ、どこかへ電話をかけはじめる。

そのコール時間は僅か。

相手も橋本からの電話を待っていたことをすぐに見抜く龍園。

「来いよ。事前に伝えた場所のままだ」

そう短く相手に伝え通話を終える。

「誰だと思う？　龍園」

「さあな」

「綾小路（あやのこうじ）だよ」

「綾小路？　あぁ、一瞬誰かと思ったぜ」

橋本が出した名前にも、龍園は慌てない。

不意を突けば何か拾える情報があると読んだ橋本の目論見（もくろみ）が外れる。

だが、まだ諦めるには早いと執拗（しつよう）に追いかける。

「ここに綾小路を呼ぶ理由、思い当たる節はないか？」

「ないな」

ハッキリと言い切った龍園はすぐにこう続ける。

「本当にここに呼んだのはそいつなのか？　俺にはそうは見えねえな」

仕掛けたつもりが簡単に仕掛け返される。

「……ったく、中途半端な嘘は通じないか」

橋本は綾小路の名前を出すことで、龍園が普段とは違う反応を示すのを期待した。

しかし龍園は小物の名前を口にするのも煩わしい、そんな態度を見せる。

「何をごちゃごちゃ言ってやがる。何か裏があるのか？　橋本」

綾小路を気にかけている橋本にこそ、何かあるのではないかと逆に疑いを向けられる。

そこには演技のようなものも見られない。

が、それでも橋本は綾小路と龍園に対する不信感をぬぐい切ることはない。

王様を気取っていた龍園が、石崎たち相手に簡単に引き下がったとは思えないからだ。

坂柳の一連の行動からも綾小路の影がちらついている。

あとひとつ、何か情報があればそれらは確信に変わる。

「ここに呼んだのは――――」

2階のトイレに、足音が近づいてくる。

そして姿を見せる1人の男子生徒。

「あ？　こりゃまた、面白いヤツを呼んだもんだな橋本」

龍園と橋本の前に現れたのは、1年Bクラスの神崎隆二。

普段交わることのなさそうな3人が集まることになった。

「どうしてもおまえに御目通りしたいって言ってな。俺が橋渡しをすることにしたんだ」

「で？　その見返りはなんだ」

「決まってるだろ？　Ｂクラスへのコネクションさ」

「坂柳は一之瀬に弓を引いた。つまり敵同士だ。神崎が受け入れると思ったのか？」

「受け入れるさ。そうだろ？　神崎」

「俺はおまえを信用していない橋本。だが、利用価値はあると思っている」

「だってさ」

利害関係が一致すれば、橋本は神崎とも組めるとアピールする。

そして、へらへらと笑いながら橋本が神崎の肩に手を置く。

「こいつの話を聞いてやってくれよ。俺のために」

「なるほどな。２クラスで終わらせるつもりがないってのはこのことか」

橋本はこれまで龍園のクラスにしか興味を持っていなかった。

だが一度龍園が後退したことで、視野を広げる方向へとシフトさせた。

「ああ。後は綾小路のクラスの方にも種を蒔いていくつもりさ」

どのクラスが勝ちあがっても、自分が救済されるように動くと宣言する橋本。

だが、既に龍園の興味は橋本ではなく神崎に移っていた。

「退屈させない話題を持ってるんだろうな？」

「何を期待しているか知らないが、喜ばせるような材料は何もない」

神崎は龍園相手にも臆することなく続ける。

ここに来た、自らの話をしておくために。

「学年末試験。その時のことで話をしておきたかっただけだ」

「惨敗の感想でも聞かせてくれるのか？」

「悪いが龍園、俺はおまえに負けたとは思っていない」

強気な発言に、橋本が口笛を吹く。

「汚い戦略で強引に勝利を掴んだに過ぎない。そのことを忘れるな」

神崎がそう訴えるのも分からなくはない。正攻法で戦っていれば互角以上に渡り合えたと自負しているからだ。龍園の卑劣な戦略によって奪い去られた勝利。

「くだらねえ。そんなことを言うために、わざわざこの場に姿を現したのか？」

龍園にしてみれば、綺麗も汚いもない。

勝ちは勝ちであり、神崎の負けは絶対に変わることのない結果だ。

「そもそも汚い戦略ってのは何だ。俺が司令塔になったことか？」

「とぼけるな。試験当日の腹痛と一部生徒に対する精神的攻撃。そのことを言っている」

試験の中身については詳細を把握していなかった橋本は、面白そうに手を叩く。

「そりゃキレたくもなる。随分派手にやったんだな龍園」

「この手の卑劣な行為は、今後Bクラスには一切通用しないと言っておく」

「クク。一之瀬に防げるとでも思ってんのか？　それとも学校にでも泣きつくつもりか？」

「いいや。それは無理だろうな」

神崎は即座に否定する。お人好しの一之瀬に、どうにか出来ることではないと。

「なら誰が防ぐ」

「俺だ」

迷わず言い切る神崎に対して、龍園は拮抗した考えを2つ思い浮かべる。

単なるハッタリか、それとも――――と。

「一之瀬の腰ぎんちゃくだったおまえに、何ができる」

それを探るために一歩踏み込んだ。神崎の言葉の意図を見つけるために。

「俺はこの1年、確かに一之瀬を立てその横でサポートをしてきた。だがそれは、入学時点で一之瀬が他クラスの生徒と比べても優れた統率力とチーム力を発揮出来る人材だと判断したからだ。その点に関する信頼は今も揺らいでいない。だが、危機的状況を回避する能力や、いざという時に弱者を切り捨てることが出来ない大きな弱点も抱えている」

「ほう？　なんだ、つまんねー話しかしないと思ってたが、意外にも面白いじゃねえか。お手々繋いで仲良くやってるだけのBクラスに、そんな考えを持ってるやつがいるとはな」

しかし、と龍園は一蹴する。

「口だけならいらねえぜ。虚しく吼えるだけなら犬にもできる」

「だったらやってみろ。それを証明する」

Bクラスへのコネクション作りのためだけに神崎に協力をした橋本だが、神崎の評価を少しだけ改める。思っていたよりもやれるのかも知れない、と。

「いいぜ。おまえがお望みなら、次はもっと徹底的に潰してやるからよ」

「どんな汚い手を使うつもりか知らないが、俺は一之瀬と違って容赦はしない。自らのフィールドで負けるのが嫌なら正々堂々戦うことだ」

「クソみたいなクラスじゃなかったことを期待するぜ」

龍園は笑いながら用を足す。

それに続くように橋本も隣へ。

「面白いだろ？　また何かあったら俺に相談してくれよ神崎」

宣言を済ませ帰るだろうと思った神崎に対して、そう残す橋本。

だが神崎も近づいてくると、更に橋本の横に立つ。

２人に対して後れを取らないことをアピールするためか、神崎の威圧が場を包む。

そして用を足し終えると、神崎は最後にもう一度強い口調で言う。

「よく覚えておけ龍園」

そう言い残し、神崎は一足先にトイレを立ち去る。

「クックック。怖ぇ怖ぇ」

「次はどんな手でBクラスをどん底に叩き落としてくれるんだ？」

「さぁな」

そう笑って誤魔化す龍園だったが、その時は全く違うことを思い出していた。

橋本と神崎を交えた話し合いの、僅か１時間ほど前の出来事を。

4

一之瀬、堀北と別れて帰るか悩んでいたオレだったが、出会った龍園に導かれるように、ケヤキモール内の人気の少ない廊下へと移動する。

距離は十分にとっているため誰かに見られれば、すぐに解散し他人を装うことも出来る位置関係にある。

「石崎に聞いたか？　オレがケヤキモールに来てること」

「ああ、わざわざ探して出向いてやったのさ」

石崎たちとの話し合いは1時間ほどで終わったのか、それとも中断してきたのか。

どちらにせよ、龍園の瞳には以前よりも気迫が戻っているようだ。

「一応連絡先は分かってるんだ。そっちで連絡してきても良かったんじゃないか？」

「そのつまんねぇ真顔を前にして話してやろうと思ったんだよ」

なら、限られた時間で話を聞いてやることにしよう。

「アレはどういう意味だ」

アレ、とはひよりからの言伝だろう。もっと上手いやり方で安全に5勝以上出来た。そう龍園に伝えておいてくれと頼んだこと。しっかりとその役目を果たしてくれたらしい。

ひよりから言伝を聞けば必ず接触してくると思っていた。

「そのままの意味だ。オレならもっとうまくやる」

「どんな手を使おうが俺の勝手だ」

「それで済ませたくない。おまえが下手を打ってこの学校から去るのは寂しいからな」

自然と出た言葉ではあったが、龍園には然程伝わらなかったらしい。

「ククッ、何の冗談だそりゃ。坂柳に負けた格下の割に随分と偉そうだな」

「確かにオレたちのクラスは坂柳に負けた。司令塔を務めた以上言い訳も出来ない。坂柳がオレより優れてるかどうか、おまえが今後直接戦って知っていけばいい」

「は——舐めるなよ？」

龍園の笑みが一度消え、オレへと距離を詰めてくる。

「一度俺を負かせたおまえが坂柳より下はない」

どうやら挑発的意味を込めて、あえて格下だと言ったらしい。

「持ち上げてくれるのはありがたいが、俺が試験で手を抜いていなかったとしてもか？」

「悪いが信じねぇな。本気でやって負けたってよりも、はなから勝負をする気もなかったか……あるいはどうにもならないアクシデントに巻き込まれたって話の方が信憑性が高い。学校側がメンツのためにAクラスが勝つように仕組んだ、って方がよっぽど信じられるぜ」

正解ってわけじゃないが、想像以上に鋭いところを突いてきたな。

こんなとんでもない深読みをしてくるのはこの学校でも龍園くらいなものだろう。

一度オレと対峙しているからこそ来る、絶対なる確信。

「それで？　復帰したおまえはこれからどうするんだ？　龍園」

「勝手に復帰を決めつけんなよ。こっちはもう少し休暇を楽しむつもりだ」

本格的な参戦は、まだこの先だと龍園は言う。

「だが……休みに飽きたら、その時はウォーミングアップに一之瀬と坂柳を潰す」

「随分な心境の変化だな」

「ククク、確かに。俺も自分自身に驚いてるぜ。おまえに対して、こんなにも早くリベンジしようと心が沸き立つとは思わなかった」

「なるほど」

蛇が冬眠から覚めようとしている。

そうなればBクラスもAクラスも、龍園を無視できなくなるな。

坂柳からすれば望むところだろうが、現状はどちらが勝ってもおかしくないだろう。

「こっちとしてはありがたい。おまえが一之瀬と坂柳を先に潰してくれるなら、願ったり叶ったりだ。スムーズに上を目指せる」

オレたちが上がっていくには、上がもつれてくれることも重要な部分だからな。

「おまえはクラスの状態なんかに関心はないと思ってたぜ」

「今は少し違う。あのクラスは来年の今頃、高い位置にいる。もしその時オレがいなくなっていたとしてもな」

「あ？」

いなくなっていても、という部分に龍園が怪訝な顔をする。

「オレもこれからは狙われる立場になるかも知れない。そうなれば、誰かの手で退学にされていたとしてもおかしくはないからな。そうだろ？」

月城がその気になれば、こちらではどうにもならないことも多数出てくる。

強硬策を取れば防げないようなことも起こるだろう。

もちろん、それが簡単にできないようにこっちも立ち回るわけだが。

「安心しろよ。おまえを退学させられるとしたら、俺だけだ」

その強気がなんとも龍園らしい。

「ただ――――」

何かを言いかけた目の前の龍園が、一瞬視界から外れる。

急速にこちらへと距離を詰め、左腕を伸ばしオレの顔を狙ってくる。

鋭い指先は迷いなく眼球を狙っており、対処を迫られる。

「らぁ!!」

１回転からの回し蹴り。右足がオレの目の前を過ぎ去るが、それはフェイク。

回転を加えた左足こそが本命。

更にそれを回避し、龍園と距離を取る。

「はっ、完全な不意打ちでコレかよ。どんだけ化け物なんだ、おまえは」

「随分と派手だな」

プライベートとは言え、このケヤキモールにも監視カメラの数は多い。

もちろん生徒が問題として取り上げない限り、多少のことで注目を集めることはないだろうが、龍園ならではの大胆な仕掛けだ。

「俺の心が訴えてくるんだよ。おまえを食らえってな」

冬眠していながらも、本能で噛みついてきた蛇。

「仕掛けてこないのか？」

「ここでおまえとやり合うリスクは避けたい。それにまだ時期じゃない」

「ハッ。強者の余裕ってヤツか。テメェが言うとリアルさがあってゾクゾクするぜ」

眼光は以前と同じ輝き、いやそれ以上か。

数か月水面下に沈んでいたとは思えない気迫。

「おまえには可能性がある。だからこそ、もっと上手く成長しろ龍園」

諭すような物言いが気に入らなかったのか、龍園が横から壁に拳を一度打ち付けた。

「上手く成長しろだと？　いつからテメェは俺の教師になったんだ？」

「事実を言ってるんだ。姑息な手、卑怯な手、時には犯罪行為。勝つための戦略なら何をやってもいいとオレは思う。だが簡単に足がつく真似をするな」

「あぁ？」

「石崎たちと下剤を使ったそうだな。混入時にカラオケルームを使ったのは悪くないが、もし飲食物の残りを保管されていたらおまえは詰んでた。問答無用で退学に値する行動だ。

そこをスルーされたとしても、試験中のおかしな行動には当然学校側も不信感を抱く。一之瀬が訴えなかったことが、おまえにとって唯一の救いだった」

「一之瀬のお人好しも、こっちにとっちゃ計算済みなんだよ」

「だとしたらそれは甘い計算だったな。おまえはいつまでもオレを追い抜けない」

「……言うじゃねえか」

龍園は再びオレに対して距離を詰めてくる。

だがさっきのように仕掛けてくる気配はないな。

仮に完璧に気配を消しているとしても、その対処は難しくないが……。

「忠告を聞くか聞かないかは自由だ。だが――今のままなら再戦すら実現しない」

敵に送られた塩を、どう受け止めるか。それで龍園の一つの才覚を計れる。

壁に打ち付けたままの拳を、龍園は心を落ち着けるように下へと降ろした。

「この場はそのクソみたいな助言を聞いておいてやる。だが、いずれ必ず潰すぜ」

「いい心意気だな龍園。おまえに潰されて退学するなら悪くない」

内心で腹を立てながらも、こちらの言葉はしっかりと龍園に吸収されたようだ。

これで今後、龍園の考え出す戦略は更に磨きがかかっていくだろう。

2年からのレースは本当に想像がつかなくなってきた。

龍園が坂柳を食い、Aにまで一気にのしあがるか。あるいはそれを坂柳が防ぐか。

それとも一之瀬がここから怒涛の巻き返しを図るか。

その三つ巴に堀北がどう入り込んでいくのか。

1年前とは違う景色が、間もなく見られることだろう。

5

それがこのトイレでの出来事の前にあったこと。

神崎を横目に見送った後、龍園が言う。

「復帰戦。Bクラス相手に派手にやったが、俺には確かに反省の余地があった」

それを認める。綾小路を倒すためにも、認めるべきところは認めなければならない。

「そりゃまた、随分と殊勝だな。汚い手を使ってナンボだと思ってたぜ。神崎の望む通り正々堂々と戦ってやるつもりか？」

「ハッ。誰がそう言った」

「あ？」

「一之瀬の甘さにつけ込んで盛大にやったが、そのことで付け入る隙を与え過ぎた。だからああして雑魚がイキってくることになったたってことだ」

「……なるほどな」

反省すべきは卑劣な手を使ったことじゃない。

それが脇の甘いものであったことに対して。

「次はもっと派手に、そして上手くぶち壊してやるよ」

神崎がどんな発言をしようとも、この段階で龍園は鵜呑みにしない。

本当に牙を隠しているのなら、すぐに分かることだと。

「この一年でおまえも成長したってことだな龍園。パイプを繋いでおいてよかったぜ。坂柳が食われる可能性も、真面目に視野に入れとかないとな」

虎視眈々と、橋本はBクラスにも近づいていく。

最終的にどのクラスが勝ちあがっても、自らがAクラスで卒業できるように。

6

昼過ぎになり、バケツをひっくり返したような30㎜を超える雨が降り出した。

オレは何となく帰る気になれず、1人ケヤキモールにとどまり続けていた。

学校の敷地内では便利なもので、突然の雨にも帰宅の困難を強いられることはほぼない。

手ぶらの生徒たちには、臨時の傘貸し出しが行われているからだ。

期日内に返却すれば無料のため、利用者も決して少なくない。朝から遊びに出ていた生徒たちの中には、最初から荷物を少なくするため傘を持っていない者もいる。

とは言え、今日は少し例外に近いな。

これだけ雨が降ると、傘を差していても容赦なく濡れてしまいそうだ。

「今日は、このまま止みそうにないな」

予報通りなら、昼から明日の朝にかけて土砂降りが続くらしい。

時折携帯が鳴る度、綾小路グループでは雨の話題から、その他雑談を含めたトークが進んでいく。今はまさに降り出した雨の話をしているようだ。

「どうするかな」

チャットに参加する気にもなれず、とりあえず既読はつけずに置いておくことに。

ぼんやりと画面を見つめながら、グループ内での会話に目を通していく。

そして思いついたように、窓の外の雨を見つめる作業を何度か繰り返した。

生産性のない時間の浪費。

たまにはこんな時間があっても良いだろう。

カフェに戻るでもなく、適当なベンチに座ってボーっとした時間を過ごす。

もっとも、それを何時間も繰り返すわけじゃない。

雨音を聞きながら20、30分くらい経ったところで帰ることにした。

オレは学生証を機械へと通し、傘のレンタルをする。

下半身、膝から下は特に濡れるだろうが、これでも差さないよりはよっぽどマシだろう。

それから外に出て寮を目指すことにしたのだが、一足先に出口に向かう見知った生徒、一之瀬を見つける。この大雨の中、手には傘を持っていない。

まだケヤキモールに残ってたんだな。

友達と遊んでいた様子もなく、1人だ。

オレたちと別れた後も色々と考え事をしていたのかも知れない。

「頭の中を整理してた、ってところか」

だが、様子からしてまだ、上手く整理できたような感じじゃないな。

傘も持たずに寮に帰れば、当然ずぶ濡れになるだろう。

一瞬外で友達が傘を持って待っているのか、とも思ったがそうでもないらしい。

放っておくことも優しさかも知れないが……今回はBクラスが徹底してやられた試験の後だけに多少気がかりだな。オレは急ぎ引き返し、傘をもう一本レンタルする。

少し遅れて外に出ると、やはり一之瀬は濡れるのを覚悟で歩みを進めていた。

寮に向かう方角じゃない。

その反対である学校の方へと、一之瀬は歩いていく。

そして、やはり傘も持たず雨に打たれ続ける。

見送ることも出来たが――――。

オレは傘を手にしたまま、一之瀬を追う。

雨音が激しくこちらの足音は聞こえていないようだ。

多分普通に声を出したくらいじゃ聞こえないだろうな。

やがて一之瀬は、通学路の途中となる、校舎が見える場所に辿り着く。この大雨の中では、当然周囲に人の気配は全くない。そして、そこで空を見上げ始めた。

雨に濡れるのを嫌がるどころか、むしろ濡れることを望んでいるような雰囲気。

今何を想い、何を考えているのか。

それを読み取ることは難しくない。

このまま納得するまで濡れさせてやるのも悪くはないが、間違いなく風邪をひく。

風邪をひけば、心も同時に弱ってしまうからな。

今の一之瀬には、それは多少酷だろう。

「そんなところにずっと立ってると風邪をひくぞー」

やや声量を上げて、オレは一之瀬に声をかけながら近づいていく。

「……綾小路くん」

誰かが傍にいると思わなかったのだろう、少し驚いた後、一之瀬は一度こちらを見た。

「……うん」

しかし小さく返事をするだけで、動こうとしない。

濡れることを恐れず、再び空を見上げる。

「先に帰って。私は、少し雨に打たれていたい気分なんだ」

声がしっかり聞こえる距離まで近づくと、そんな風に一之瀬に言われる。

「そうか」

少しというには度が過ぎる大雨だ。

このまま残しておけば、一之瀬は1時間でも2時間でも雨に打たれているだろう。

説得を試みたところで聞き入れる状況でもないだろうしな。

なら、それを終わらせるには多少強引な手を使うしかない。

一之瀬（いちのせ）には一之瀬に効く対処法がある。

オレは差していた傘を下ろし、畳む。

瞬く間にオレの髪から足先にかけて、雨水がしみこみ始める。

「あ、綾小路（あやのこうじ）くん？」

「付き合おうと思ってな」

その奇怪な行動を、一之瀬は当然無視することが出来ないだろう。

「どうして……」

「意味もなく雨に打たれたくなることもある」

意味を持って雨に打たれる一之瀬とは、対照的なわけだが。

２つの傘を持ちながら、２人がずぶ濡（ぬ）れになっていく。

そんな不思議な体験をしていた。

「風邪ひいちゃうよ？」

「それなら一之瀬もだな」

「私はいいんだ。むしろ、ちょっと風邪くらいひけばいいと思ってるから」

なるほど。それならこの冷たい雨に長々と打たれるのが最適解かも知れないな。

「じゃあオレもそうするか」

こう答えれば当然一之瀬は困惑する。じゃあ一緒に風邪をひこう、とは絶対に言わない。

「ダメだよ。綾小路くん、帰った方がいいよ。傘だってあるんだから」

「今更傘を差してもほとんど意味はないけどな」

下着まで既にびしょ濡れになってしまっている。

「むぅ。意地悪だね」

「悪いな」

一之瀬が帰らないなら、オレも帰らない。その脅しに一之瀬が屈する。

「……分かった。じゃあ帰ろうかな」

「それなら―――」

傘を差し出しかけて、やめる。

「どうせなら濡れて帰るか」

「ははっ、そうだね」

寮までまっすぐ帰れば数分もかからない。もはや大した違いはないだろう。

2人で雨に濡れながら、歩き出す。

沈黙のまま帰るのも悪くないと思ったが、ほどなくして一之瀬がため息をついた。

「私、綾小路くんにはダメな姿ばっかり見せてる……格好悪いなぁ……」

「ダメな姿、か。確かにそうかもな」

この間は坂柳に翻弄されて、一時期自分を見失ったこともあったか。

「他の人の前じゃ、もっと毅然と出来てるつもりなのに。どうしてだろ」

「ダメな姿を見せられるのは、信頼できる人間の前だけだ。と思ってるけどなオレは」

少なくとも嫌いな人間の前で、弱みを見せたりはしないだろう。

嘘でも気丈な姿で振舞って、1人になってから弱さを露呈させるものだ。

「ちょっと自惚れだったな。今のは忘れてくれ」

「ううん……多分合ってると思う。綾小路くんは、とても信用できる人だから。だから私も、ついこんな弱音を吐いちゃうんだと思う。だけど……私が弱ってる時、いつも綾小路くんが傍にいる気がする」

「まあその辺は偶然だ」

「本当にごめんね」

「謝る必要はない。それどころか悪くないと思ってる。他の生徒に知られたら怒られるな」

一之瀬は学年を通しても人気の高い女子。

普通に男子が聞けばうらやましがるような話だ。

「もしよかったら、また弱音を吐いてくれてもいい」

「それは――――」

どこか焦ったように、一之瀬は首を左右に振る。

「だ、ダメだよ。こんな弱い姿見せるの、格好悪いんだから」

暖かくなってきたといってもまだ気温は低い。

やがて誰もいない大雨の中、寮の前に辿り着く。

あと少しでロビーに入れるところまで来たが、再び一之瀬は足を止めた。

「やっぱり……綾小路くんだけ先に帰って」

「一之瀬はどうするつもりだ？」

「私はもう少しだけ――今、部屋に帰りたくないんだ」

そう言って、戻ることを拒否する。

先ほどよりも強い意志での拒絶だった。

「それでも帰った方がいい」

雨に打たれていれば、確かに多少気が紛れるのかも知れない。

だが根本的解決には結びつかない。

一之瀬の抵抗にもオレは引くことを良しとしなかった。

「でも……やっぱり帰りたくないかな……今はね」

「そうか。じゃあオレもここに残ることにする」

こちらが強気に出たことで、一之瀬が驚きと戸惑いを見せる。

「部屋で1人だと色々と考え込んで、ふさぎ込んじゃいそうで……だから帰りたくない」

このままオレが雨に打たれていても、一之瀬はもう前には進まないだろう。

それなら、他の方法で前に進めるしかない。

「だったらオレの部屋に来るか？」

「え?」

予期していなかったオレからの返答を受け、一之瀬が目を見つめてくる。

「話し相手がいれば、ふさぎ込むこともなくなるだろうしな」

「でも……私ずぶ濡れだし……」

「どうせオレもずぶ濡れなんだ、たいして変わらない。もし一之瀬が戻らないって言うなら、オレはここで何時間でも付き合うつもりだ」

「綾小路くんって意外と強引、だよね」

「かもな」

そして2人で濡れた体のまま寮へ。

たまたまこの時間帯、誰もロビーにいなかったのは救いかも知れない。

そのまま2人でエレベーターに乗り込み、4階のオレの部屋に。

「入ってくれ」

「本当にいいの?」

「ああ」

「……ごめんね、ありがとう」

一之瀬を部屋の中に入れて、とりあえず座らせる。冷たいフローリングでは余計に体が冷えるだろう。濡れたままの衣類を着ているのは体調に良いとは言えない。せめて、これ以上冷えないようにとエアコンを入れる。それからオレはタオルを取り出し、一之瀬に渡す。

「じっくり話してみたらどうだ？」

「話す、って？」

「今一之瀬が考えていること、悩んでいること、そういうことの全てを」

「それは……だ、だってダメだよ」

困惑したように一之瀬が拒否する。

「私、ここのところ綾小路くんに頼りっぱなしだよ。誰よりも沢山助けてもらったし。これ以上、図々しく話すなんて……格好悪すぎて、出来ないよ」

一之瀬帆波はか弱い1人の女子。

だが、常にリーダーとしての格好良さみたいなものは持ち続けてきた。

それは、リーダーとして求められる必然のスキル。

この人にならついていっても大丈夫だと思わせるために必要なもの。

リーダーの下につくものに対して示さなければならないもの。

「綾小路くんには、もう十分私のことは知ってもらったよ」

「確かに一之瀬のことには詳しくなった。だが、それは一之瀬帆波という生徒個人に限ったことだ。Bクラスを牽引するリーダーとしての悩みは、まだ深くは知らない」

「そんなことまでしちゃったら……」

素直になることが出来ず、一之瀬はタオルで顔を隠した。

まるで表情からオレに何かを読み解かれるのを、拒否するかのように。

「信用できないか？」

「え？」

顔を隠したまま、一之瀬が反応する。

「それなら無理して話さなくてもいい。むしろ他人に聞かせるのは間違いだからな」

「それはないよ。私は多分、今誰よりも綾小路くんを信頼してる……」

嘘なのか本当なのか、ここでは些細なこと。

どの道オレはこの後に続くセリフを一之瀬に向けるのだから。

「光栄な話だが、それはどうしてそう言い切れるんだ？　一之瀬の素直さを利用しようとしてるだけかも知れない。半ば分かっていつつも、坂柳に過去のことを全て話したことがあったよな？　あんなふうに」

まだ記憶に新しい出来事。

自らが中学時代、一度犯した秘密にしておきたい過去。

妹のためとはいえ万引き行為を働いたことを、敵であるAクラスの坂柳に教えた。唯一無二の親友にすら簡単には打ち明けないようなことを、誘導されたとはいえ口にする。

それはあまりに善人として行き過ぎている。

「まだお互いの関係がどうかも分からない状況で、普通は秘密を話したりしない」

もちろん、そこに作為的なものがあるのであれば話も変わってくる。

だが一之瀬がやったことは、本当に意味のないこと。

いや、自分が困ると分かっていながらも、それを実行していた。

「だからもしまた同じような状況になったらどうするんだ？」

「流石に私もね、同じ目に遭うのは勘弁かなぁ」

そう言って、濡れて艶やかになっている前髪の先に触れる。

「そうか。それならいいんだ。警戒心を覚えたのなら、オレが深く立ち入ることじゃない」

「あ、違うの。確かに……もう同じようなことでピンチに陥るわけにはいかない。だけど綾小路くんは別だよ」

「オレもクラスは違う。一之瀬の敵であることに変わりはないだろ？」

「安易に敵だなんて、言いたくないな」

「言いたくないとしても、それが現実だ」

「……でも……」

納得がいかないのか、一之瀬は言葉を選び直す。

「味方じゃない……だけど信頼できる人」

そんな風に表現することで、敵という言葉を嫌った。

沸かしていたお湯が沸騰する。

「コーヒーとカフェオレ、ココアもあるぞ」

「じゃあ……ココア、で」

ちょっと微笑んだ一之瀬の言葉に頷き、オレはココアを入れる。

身体（からだ）の中から温めてやることは出来るからな。

やがて雨が弱まり、雲間から夕焼けが顔を覗（のぞ）かせ始める。

外の景色を少しだけ見つめた一之瀬（いちのせ）は、薄い笑顔をこちらに改めて向ける。

それからしばらくして、一之瀬は少しずつ今の気持ちを話し始めた。

「私はＢクラスに配属されてクラスメイトたちと出会った時、勝ちを確信したの。自惚（うぬぼ）れと言われるかも知れないけれど、とても良い仲間に恵まれたと思った。その気持ちは今も変わってない」

再確認するように、そう話し出す一之瀬。

「だけど、唯一誤算だったのはリーダーの私。私がもっとうまく立ち回っていたら、Ｂクラスは今よりもずっと沢山のポイントを持っていたと思ってる」

「どうかな。オレは一之瀬が優れた人間であることは疑いようがないと思ってるが」

首を左右に振り、その言葉を否定する。

「今日堀北（ほりきた）さんと話して痛感したの。彼女はこの1年間で凄（すご）く成長した。それは龍園（りゅうえん）くんや坂柳（さかやなぎ）さんだってそう。どのクラスのリーダーも、どんどん強くなってるって」

めきめきと頭角を現していく周囲と違い、自分は1年間成長が見られなかった。

そう感じ自信を失っている。

自分の失態に重ねるように、置いていかれる印象を強く抱いてしまっている。

「私は……この先勝てるのかな？」

「この先勝てるのか、か」

「綾小路くんの意見でいいから知りたいって言ったら、素直に答えてくれる？」

「それが望みなら答えなくはない」

オレの答えが正しいわけじゃない。

だが、一之瀬は今ひとつの答えを知りたがっている。しかしそれは、今明確にできるものでないことも確かだ。未来はまだ未確定で、そこには無限大の可能性が広がっている。

一之瀬がここで諦めてしまうような生徒ではないことを、オレはよく知っている。

「もうすぐ2年になる。つまり、新しい1年が幕を開ける」

「うん……」

「その1年間、どこまでもクラスメイトと共に突き進んでみるんだ。途中、嬉しいことも悲しいことも、時にくじけそうなこともあると思う。それでも、絶対に立ち止まるな」

今、Bクラスのリーダーである一之瀬帆波に出来ること。

それは今までと変わらず、がむしゃらに日々を送ることだけ。

仲間を信じ、戦い抜くことだけしか方法はない。Bクラスにだけ許された武器。

「それで……それは……1年後……私の望む答え、になってるかな……」

今は見ることが出来ない1年後の自分。

それが、とてつもなく不安なものに感じられたのだろう。

「怖いよ。1年後の自分が……1年後に綾小路くんに聞かされる言葉が、怖いよ……」

Bクラスとしての好スタートを切った、高度育成高等学校での生活。

一之瀬(いちのせ)はクラスメイトと共に1年間を乗り切り、無事その地位を守り抜いた。

大勢の仲間に囲まれ、順風満帆(じゅんぷうまんぱん)な学校生活を送ってきた。

しかし、気がつけば差が詰まっている現実。


一之瀬帆波(ほなみ)に浮かぶ『敗北』の文字。


「私は――」

「分かってる。それを答えとして受け止めるには、納得がいかないよな」

視線が逃げる一之瀬。

この先勝てるのかという問いに、オレはあえて答えなかった。

いや答えるまでもない。

現状見えている戦力には大きな差が生まれ始めている。現時点で客観的に評すれば、来年一番下のクラスに沈んでいることも大いにあるだろう。

それがどうしようもなく一之瀬の不安を掻(か)き立てる。

寒さじゃない。恐怖でその身体(からだ)は微(かす)かに震えていた。

「どうしよう……どうしよう……」

こんなにも弱っている姿を、一之瀬はきっと他の生徒たちには見せられないだろう。

特にクラスメイトたちには。

　ここで優しい言葉を送ることは簡単だ。心を開いてくれている一之瀬に優しくし、甘く囁き、その心の隙に付け入ることは造作もない。あるいは今、その濡れた服の奥に潜む肌に触れることも叶うかも知れない。

　オレが動くと、一之瀬は過剰なまでに反応しこちらを見上げてきた。

　そのまま一之瀬の傍に移動し、同じように座り込んで逃げようとする視線を掴まえる。

「あ、綾小路、くん……？」

　右手を伸ばし濡れた一之瀬の髪に触れ、そして頰に軽く掌を添える。

　冷たい感触と柔らかい感触、そしてほのかに篭った熱が指先から広がっていく。

　そして親指を動かし、一之瀬の唇にそっと這わせる。

　そうすることで身体の震えは小さくなり、やがて震えていた唇も大人しくなる。

　普通なら拒絶し、逃げてもおかしくない行為だが一之瀬は逃げない。

「不思議な……不思議な人だね……綾小路くんって……」

「そうかもな」

　言葉を一度止め、一之瀬と見つめ合う。それ以上でもそれ以下でもなく。

「なあ一之瀬、来年の今日こうして会わないか？」

「……どういう、こと？」

　掌から逃げることなく、一之瀬の潤んだ瞳がオレを捉えて放さない。

「そのままの意味だ。1年後の今日こんな風に会いたい。オレと一之瀬の2人きりで」

それはある種、告白のようにも聞こえていたかも知れない。

だが、ここまでだ。オレは掌をそっと一之瀬から放し立ち上がると距離を取った。

「これからの一年間を迷わずに突き進んで、そしてオレと会う。約束してくれるか？」

「それは……」

一瞬の迷い。

「もしかしたら、その時私は……私たちのクラスは……」

「関係ない。オレがただ1年後の一之瀬に会いたいんだ」

一之瀬は目を閉じ、そして、小さく頷いた。

「今、伝えようと思っている言葉を、その時に伝えることを約束する」

「うん。ありがとう……綾小路くん」

活力を失っていた瞳に、確かなものが戻って来る。

「私も約束するよ。私はこの一年全力で戦う、そしてAクラスを目指すって」

ここ最近で、一番の笑顔を見せた一之瀬。お互いに誓い合う1年後の約束。

お互いが生き残っていれば、この約束は果たされるだろう。

一之瀬帆波率いるBクラス。彼女ら、彼らの行く末がどうなるのか。

悲観した材料は多くとも、まだ未来は確定していない。

だが……もしも没落してしまうようなら、その時の『介錯』はオレがする。

○兄から妹へ

翌日の3月31日、オレにとっても特別な1日がやって来る。

そう、この日は堀北学(ほりきたまなぶ)の旅立ちの日だ。

約束の時間は正午丁度。

いつものように早めに行動し、正門前に到着する。

他の後輩たちには去る日を伝えていないのか、オレ以外の姿は今のところない。

時折遠目に、ケヤキモールに向かっていく生徒たちの姿を見つめながら、到着を待つ。

1年前、オレはこの正門を通りこの学校にやって来たんだよな。

普段近くにありながらも、けして近づくことのない場所。

部活や試験などバスで通り抜けることはあっても、この正門を歩いて出るのは、卒業か退学かの二択しかない。

留年制度もない以上、3年以内には必然的に答えが出る。

「最近はこんなことばっかり考えてるな」

2年生に上がるタイミングもあって、今の自分の心境を振り返ることが多くなっている。

予定の時刻が近づく20分前、堀北兄がやって来た。

オレの姿を確認した後、軽く周囲に視線を向ける堀北兄。

その視線が何を探しているかは問いかけるまでもない。

「生憎と妹の方はまだだ」

「そうか」

現在の時刻は午前11時40分を回ったところ。

けして遅すぎるというわけじゃない。

だが、残された時間があと僅かなことを考えれば早くに到着していてもいいはずだ。

先日の一之瀬との会談。

あの時にも堀北は随分と余裕をもって行動していたことは記憶に新しい。

何かしらのアクシデントがあったことも考えられるか。

「ちょっと電話してみようか」

そう提案する。

オレからなら、堀北兄としてもお願いしやすいはずだ。

そう思ったが……。

「いや、必要ない」

こちらの申し出に対して、堀北兄は軽く手で制止しながら拒否する。

「もし体調不良等であるなら、事前に連絡してきているはずだ」

「寝坊ってことも考えられるな」

そんなことはあり得ないが、一応の可能性として言ってみる。

「仮にそうであるなら、起こす必要はない」

大切な日に寝坊して来るようなら、それはもはや相手にする価値はないということか。

会える最後の日でも堀北兄の対応は変わらない。

「まぁ大丈夫だろ。約束の時間まではまだ余裕があるわけだしな」

ギリギリまで部屋で緊張していることも、兄貴相手なら十分に考えられる。

「鈴音はともかく、おまえがこんなに早く来ているとはな」

「何となくあんたも早く来る気がしたんだ」

待ち合わせの正午。もちろん、バスの出発時刻までは十分に余裕がある。

だが最後の別れ話。話し込むことも当然兄貴も堀北妹も想定していたはずだ。

そして案の定、20分前に現れた。

互いに読みが外れたこととしては、中心人物になるはずだった堀北妹が不在なことだけ。

ともかく、不在である以上2人で何かしら話をするしかない。

ただ沈黙で過ごすには、流石に時間がもったいない。

オレは少し考えた後、ここ最近気にしていたことを口にする。

「悪かったな。あんたのためにもう少し生徒会の件で動いてやれば良かったかも知れない」

南雲雅の暴走を止めるため、堀北兄はオレに相談を持ち掛けていた。

だが、あの時は今よりも強く平穏な生活を願っていたこともあり、乗り気にはなれなかった。パイプとして副会長の桐山と面識を持たせることは果たしたが、そこまで。

結局桐山を動かすための策を取らずに今日まで来てしまった。

「全ては俺の責務だ。押し付けようとしたことに問題がある、気にするな」

もう堀北兄にとって、この学校は過去になった。

この先、内情がどうなろうとも本来なら気にしなくても良い立場だ。

「だがそれでも、最後にもう一度警告させてくれ。俺はこの学校の方針を、基本的に肯定側として見ている。基本を実力主義に位置づけながらも、下位のクラスが勝てるだけの余地を十分に残している。けして楽な戦いではなかった」

「3年間Aクラスで走り続けたあんたに説得力があるとは思えないけどな」

「しかし、それは大勢が本質に気がつかなかったからだとも言える。学校側にも、もちろん多くの改善点があることは事実だろう。だが振り返ってみれば分かるはずだ。無人島試験にしろ学年末の試験にしろ、下位クラスが上位クラスに勝つチャンスは常に用意されていた」

筆記試験などだけではなく、それ以外の要素を強く求められる特別試験。

無人島試験であれば、一致団結することでAクラスやBクラスに勝つことは難しいことじゃない。学年末試験であっても同様だ。大きく運が左右する試験ではあるが、それはつまり、下位クラスが勝つ可能性もあった試験である証明だ。

「運によって大きく勝敗が決まる。まだ未熟な1年生たちが上位クラスに勝つための必要な配慮だ。しかし……即ちそれは、上位クラスにしてみれば受け入れがたいこと。毛嫌いする要素だろう」

学校側の下への配慮は上からの不満を生む。

2000万プライベートポイントを貯めての移動は別枠として、基本的にクラス一体となって連動する学校側のシステムも、能力の低い者を見捨てない仕組みだ。どのクラスにも、飛び抜けた優秀な生徒がいて、そして低いレベルで争う者もいる。

南雲はオレたちと同じような試験を1年間を通じ経験し、1つの考えに至ったんだろう。もっと実力主義であり、かつ個人の力で勝てる仕組みにしていきたいと。

上はどこまでも上へ、下はどこまでも下へ落ちる仕組み。

「あながち、南雲のやろうとしてることも間違いじゃないのかもな」

同じように不満も生まれるだろうが、同時に賛同する生徒も多くいる。

そして2年生の場合、その大多数が賛同する生徒たちだということ。もちろん、単純な賛同者だけではないだろう。周りの空気に流され、仕方なく賛同する生徒も少なからずいるはずだ。誰もが優秀であるなら、全てのクラスは競っていなければならない。

「2年はかなり開きがあるよな？　クラスポイントに」

「ああ。南雲の在籍するAクラスは3月時点で1491ポイント。Bクラスが889ポイント。Cクラスが280ポイント。Dクラスは76ポイントだ」

あと1年という期間を考えれば、Aクラスは既に逃げ切り態勢に入っている。

その中でも、あえて南雲は下位クラスの救済を提言している。

確かに76ポイントでは、ほぼ逆転は不可能。

「賛同者は多いはずだ。クラスで勝ち上がれないなら、個人が勝ち上がれる仕組みにすがるしかAクラスに行く方法はない」

「かも知れん。だが、南雲のやり方では大勢が不幸になる」

実力、個人主義になりすぎれば、クラスメイト同士にも疑心暗鬼が生まれる。

周囲全てが敵になることだってあるだろう。

堀北兄、いや堀北学はあくまでも、クラスという組織の協力は絶対だと考えている。

それはひいては、この先のことを見据えた組織づくり。

「それは今の仕組みも同じなんじゃないのか？　A以外の3クラスは不幸のままだ」

南雲の理想がどんなものかは想像でしかないが、個人の勝ち上がりを認める仕組みが確立されれば、クラス1つ40人以下の救済に、プラスαが加わるかもしれない。

「そう、たとえば――――」

オレが口にしようとすると、それよりも先に堀北兄が言う。

「Bクラス以下の生徒のプライベートポイントを一度に集約して、それを用いてのAクラス行きを賭けた勝負を行う。とかな」

まったく同じ考えに対し、オレが頷く。

退学者は一度考慮しないとして、BクラスからDクラスの生徒全員で120人。

全てのプライベートポイントを集めれば2000万ポイントは恐らく簡単に超えてくる。

もしかすると４０００万、６０００万に届くことだってあるだろう。

　もちろん、全員がそのギャンブルに手を挙げることはないだろう。今現在制度がどうなったかは分からないが、少し前までは卒業時にプライベートポイントの現金化も行われていた。Ｄクラスで卒業しても現金が手に入るならそれで構わないという生徒もいるだろうからな。だが、それらの条件をクリアしたうえで出資者たちのみで届くのであれば、やった方がいい。どうせクラスで勝ちあがれないのなら、最後に賭けをするのも悪くない。それでＡクラスに行ける生徒が何人か増える。

　Ａクラスとクラスポイントの開きが大きい学年ほど、現実にしやすいラストチャンス。

「あんたの学年じゃそんな話が出なかったのか？」

「出なかったと言えば嘘になる。だが、実現することはなかった。ＡクラスとＢクラスが競っていたことと、ＣクラスとＤクラスにはそれを実現するだけのポイントは残されていなかったからな」

　1年前に接触した3年Ｄクラスの生徒も、ポイントに困窮している様子だったことを思い出す。負け続ければクラスポイントを得ることは難しくなるからな。

　0のまま何か月も過ごさなければならない状況に陥れば、負のスパイラルだ。

「それくらいであれば、まだ影響はない。だが、南雲はＡクラスである自分すらも巻き込んで祭りをしようと計画している。それはつまり仲間にもリスクを負わせるということだ」

　Ａクラスの中にいる実力に乏しい生徒は、脱落する可能性を含んでいるということ。

それはそうだろう。Ａクラスである自分たちだけは安全圏から、実力主義を訴えかけることなど周囲が認めるはずはない。ＡクラスもＤクラスも、フラットにしようということ。

「どこまでやるのか知らないが、それはそれで勇気のいる決断だな」

「あいつは勝ちが確定している今の状況に、退屈を覚えている。それが起因しているのだろう。元々生徒会に参加したのも、暇つぶしによるものが大きかった」

能力もあったうえで支持もあるなら、誰にも不満を言う権利はないが。

「クラスは一蓮托生、運命共同体だ。俺はその枠だけは超えるべきではないと思っている」

「だから南雲のやり方に賛成できないんだな」

頷きはしなかったが、堀北兄はその言葉をそのまま受け止めた。

言いたいことは分かるが、どちらが正しいとも言えない。

それに……。

「オレは、一度南雲のやろうとしていることを見てみるつもりだ。学年全体、いや、学校全体をより実力主義の環境に変えるというなら、それを体験しないことには否定も出来ない」

嘘偽りなく、これからのことだけは報告しておくことにした。

「そうか。おまえは、俺の更に上へと向かうんだな」

「それは買い被り過ぎだ」

単に、今のオレに南雲を止める気も、そして止める手立てもないだけのこと。

それなら南雲の作ろうとする世界を見てみるのも悪くない。

堀北兄が守り続けた1年間は、しっかりとこの身に刻み込めたしな。

「オレはあんたが思ってるほど大した人間じゃない」

「いや、悪いが俺はそうは思わない」

こちらの謙遜に対して、堀北兄は力強くそれを否定した。

「どうにも、あんたの中でオレの評価は落ちていないみたいだな」

「落ちる部分があれば落としている」

思えば、堀北兄は1年近く前からオレに対する評価を変えていない。

何を知ろうとも知らずとも、その水準が変わっていない。

「どうにも理解できない。一体オレのどこに、あんたの認める要素がある」

唯一兄貴だけが他の生徒と違い持ち合わせている情報と言えば、入学時のふざけた点数合わせ、あるいは妹への暴力行為を阻止するために多少揉み合ったことくらいだ。

それ以外に一般情報としてあるのは、まさにこの男とリレーで走った時に披露した、足が速いことくらいなものだろう。

実際にオレがどれくらい勉強が出来るのか、スポーツが出来るのかを知らない。

「ある程度、自分自身の感性や直感で相手の技量は感じ取れるつもりだ」

具体的な何かというよりは、抽象的な話か。

それでここまでオレを評価できるんだから、大したものだ。

「その感性ってやつでオレはどう見えてるんだ？　置き土産に教えてもらいたい」

興味はあるので、聞いてみることにした。

実際に、どこまでオレの思い描く自分と同じなのかを比べてみようと思った。

堀北兄なら余計なフィルターをかけず、答えてくれるだろうしな。

「そうだな。俺の見てきたおまえは……」

一度間を置いて、堀北学の見てきた1年間のオレを振り返る。

「これまでの人生経験、その予測から大きく逸脱した存在に見える。どこを突いても隙が無い。戦略知略面では言うに及ばず、腕っぷしにモノを言わせた実力行使も通じそうにない。今まで出会った中で一番戦いたくない相手だ」

それはまた大層な評価だ。これを単なる感性で言っているんだとしたら、特にそうだ。

「つまり、オレに完全な白旗をあげるのか？」

「それとこれとは別問題だ。完全無欠の相手だとしても、勝機は必ずある」

そう答えてくれた堀北兄に、オレは少しだけ安堵した。

「特にこの学校はクラス単位で争うものだ。個が幾ら突出していても限界はあるだろう」

「そうだな。だからこそ、面白いと感じる」

「綾小路。おまえはどういう環境で育ってきた。全てが生まれながら偶然備わった能力でないことは確かだ。家族に徹底した教育者がいたからたどり着けるような領域でもない」

「あんただって、普通の家庭なんじゃないのか？」

生徒会長まで務めたエリートなら、どうやって上にあがっていくか分かっているだろう。

「何事も最初から上位だったわけじゃない。伸び悩み苦しんだ時期もあった。だが、それを踏まえてたゆまぬ努力をしてきた。幼少期から今も、そしてこれからもな」

その積み重ねの上に立っていると堀北（ほりきた）兄は言う。

「理屈通りに型にはめるなら、その努力を上回る努力をオレがしてきたのかもな」

「……そうだな」

努力した者に勝つには、更に努力する。

それが全てではないが1つの答えであることもまた事実だ。

堀北学（まなぶ）は、携帯を取りだす。そして携帯番号が表示された画面を見せてくる。

そして画面を切り替えもう1つ違う番号を表示した。

「この2つの携帯番号を覚えておいてくれ。1つは俺のもの。そしてもう1つは橘（たちばな）のものだ。卒業後に困ったことがあればいつでも相談に乗ろう。今暗記できないならメモしてもいいが、後で必ず消しておけ」

校外の人間との接触は、電話等であっても禁止されている。

不用意な記録はこちらにとってデメリットしかないからな。

オレは問題ないと小さく頷（うなず）き、その11桁の携帯番号2つを頭の片隅に記憶しておく。

個人的にこの番号を使う日が訪れることは想像できないが、覚えておいて損はない。

「そう言えばまだ聞いてなかったが、あんたはこの後どこに行くんだ？」

橘の携帯番号も教えていることから、卒業後も関係性を持ち続けることは分かるが。

「そのことに関してだが――」

話そうとした堀北兄だが、携帯で時刻を確認して一度言葉を止める。

「俺のことはおまえの卒業後に話そう。そろそろ予定の時間だ」

間もなく時刻は正午。

つまり、堀北妹と待ち合わせをしていた時刻。

だがそこに、妹の姿は見当たらない。

表情こそいつもと変わらない様子だったが、どこか寂しさを感じさせる。

「一度連絡した方がいいんじゃないか」

あいつが不義理でこの場に姿を見せないことだけは考えられない。

寝坊はないにしても、何かしらアクシデントがあったと見るのが現実的だ。

「いや……やめておこう」

アクシデントだったとしても、と堀北兄は声をかけない方針を貫くようだった。

妹が嫌いなわけじゃないことは、これまでの経緯でよく分かったが。

「意地になる必要はないだろ。たまにはあんたから手を差し伸べてやるのも悪くない」

「俺は一時の感情で、妹の成長を阻害するかも知れないことを恐れている。単なるアクシデントで遅れているだけならいい。だが、もし俺と会わないことで自分自身が成長すると判断したのであれば、それは単なる邪魔にしかならないだろう」

「あんたに会わずに成長する？　そんな考えに妹がたどり着くと思ってるのか？」

「それを判断するのは鈴音だ」

外野がとやかく言うことではない、と素直にならない。

「甘いところは見せないんだな」

「甘さの使いどころを判断しているだけだ」

今こそ、その使いどころだと思うが。

12時を過ぎて、1分が経過した。

すぐに正門へと向かうかと思ったが、まだ歩みを始めない。

甘さを見せないといいながら、少しは見せているってことだろう。

「俺もおまえに確認しておきたいことがあった。卒業への手向けに答えてもらいたい」

堀北兄から、そんな言葉と瞳を向けられる。

最後の最後に見せた甘さに付き合うように、オレは頷く。

「答えられることで良ければ」

恐らくこの会話が終わる時、堀北兄は正門に向けて歩き出す。

「おまえはどうして、自らの才能を隠すようにして過ごしている」

予想外というわけじゃないが、随分と単刀直入に聞いてきたもんだ。

「単純に目立つのが好きじゃないから、だろうな」

「本当の自分を隠してでも、それは貫き通すことなのか？」

「どうだろうな。そこまで深く考えたことはない」

この学校に入って、オレは普通の学生生活を送りたかった。

だが、こうして問われれば疑問を感じることもある。

「普通に、どこにでもいる生徒として過ごそうと決めてきた。紆余曲折あって、時々やらなきゃいけない時もあったけどな」

「今後も同じようなことを続けていくつもりか？」

「どうかな。最近は目を付けられることも増えてきたからな。少しくらいは真面目にやることも増えるかもしれない」

正直分からない部分も多いが、今の素直な気持ちを口にした。

それを聞いて、堀北兄は何と答えるだろうか。

「俺はこの学校で、何を成したか、何を成しえたか。最近はそればかり考えている」

そう言って、一度遠く校舎を見つめる。

「自分の実力を出し切れたか。もっと成長する余地はなかったのか、とな」

つまりオレとは真逆に近い環境で過ごしてきたということ。

だからこそ生徒会長まで上り詰めた。

「おまえがこのまま水面下で学校生活を送ることは、本当に有意義なことなのか」

「楽をしたいって意味じゃ間違ってないと思うんだけどな」

「そうかも知れん。だが、おまえも何かを残すためにこの学校に来たんじゃないのか。もしそうであるなら、俺は最大限そのために努力すべきだと考える」

「何かを残す……。それはあんたのように眩しい人間にしか出来ないことだ」

そう否定したが、堀北兄は納得する様子を見せなかった。

「もし学校に対して何も残すことが出来ないのなら、生徒たちに残せばいい。綾小路清隆という生徒がいたという記憶を、刻まれた生徒たちは忘れることはないだろう」

オレの存在を誰かの心に刻む。

そんな風には考えたこともなかった。

「おまえが妹を成長させようとしてくれていることには感謝している。だが、その程度で終わる男じゃないことは、この1年を通じて十分に理解できた。おまえは巨大な強さを秘めている。だからこそ……失望させてくれるな」

生徒会長、そして高度育成高等学校の先輩としての叱咤激励。

「縛りの中で自己を追い求めるのなら、3年間の中で周囲の記憶に残る存在になることだ」

「記憶に残る存在か。2年や3年の途中で退学するかも知れないけどな」

「おまえが何らかのアクシデントで3年を待たずして退学する運命になったとしても、記憶に残すことは出来る。3年間を振り返った時、綾小路清隆がいて良かったと1人でも多くの生徒に思わせることが出来れば、それは成し遂げたことと同義だと俺は考える」

改めて言われ、オレは心の中に言葉が少しずつだが確実にしみこんでいくのを感じた。

「なるほど……な。よく考えてみる」

今、それがオレに答えられる精いっぱいの回答だった。
「それでいい。答えは俺が導き出すものじゃない、おまえが導き出すものだ綾小路」
南雲率いる生徒会のことも、堀北妹のことも、そして学校のことも。
最後に決定するのはオレ自身。
この世は成長する材料で溢れている。
どこにでも、己を高めるためのヒントは落ちている。
今、こうして堀北兄と対峙していることもそうだ。
このまま水面下で静かに残りの学校生活を送れたとして、確かに何が残るだろう。
オレの想い出。ただ、漫然と楽しかったと思えるような記憶。
最初はそれで満足だった。
だからこそこの1年間、極力静かな生活を送ってきた。
だがそれは答えじゃなかったのかも知れない。
この学校に来たことにも意味がある。
その通りだ。
「最後の最後に、妙に説教臭い話になってしまったな。許せ」
「いや。後輩として先輩から最高の言葉をもらった気がする」
あんたと別れるのは、どこか寂しい。
そう言いかけてやめた。

「ふっ……お互いにらしくない一面を見せてしまったようだな」
距離があくと分かっているからこそ、話し合えることもある。
そして、言葉にしないからこそ分かり合えることもある。
「そろそろ行くことにしよう」
12時10分を過ぎて堀北妹が現れないことを感じ取ったのか、兄貴がそう言った。
そしてどこか名残惜しそうに学校を、1年生の寮の方角を見た兄。
来るはずだった妹の不在。
誰にもこの展開は予想できなかっただろう。
それがおまえの答えなのか？　堀北。
そう疑問を感じずにはいられない。
確かに兄妹にはちょっとこじれた関係が構築されていたことは認める。
だが、それを壊すためにおまえは何年も苦しみ続けたはず。
そしてやっと、正解に辿り着こうとしていた矢先だった。
ポケットの中に手を入れ携帯を掴む。
ここは強引にでも兄貴と会わせておくべきではないだろうか。
一瞬であっても、一目であっても、それが堀北の糧になるのなら多少強引な手も……。
いや――――そんなことをしても逆効果か。
雪解けしかけている兄妹の関係に亀裂を入れることにもなりかねない。結局会うか会わないか、会いたいか会いたくないかは両者の想いが重なって成り立つもの。

第三者が介入すべきことじゃない。

「すまないな。最後まで妹が迷惑をかけて」

こちらの感情を見透かすように、堀北兄は静かに謝った。

「オレは何も被害を受けてない」

背を向け、この学校で3年間先頭を走り続けた男が去って行く。

「この3年間。俺は立ち止まることなく、先頭を歩き続けてきた自負がある」

それは総括だった。

3年間を振り返る堀北兄からの最後の言葉。

「途中、大勢のクラスメイトを失った。他クラスの生徒もそうだ」

Aクラスで卒業したことに対する喜び、そんなものは微塵も感じさせない。

かといって、悲観するわけでもない。

起こった出来事を粛々と振り返る。

「結果的に卒業までに、合計24名もの退学者を出した。3年生の時だけで13名だ」

それは例年と比べると多いのか少ないのか、オレには分からない。

2年の南雲たちが、確か冬の段階で17人の退学者を出していたはず。

「おまえたち1年生は、まだ3人だったたな」

学年を跨ぐごとに厳しくなっていくことは想像に難くない。

「課題を乗り切れなかった生徒が落ちるのは必然なんだろ？」

「確かにそうだ。脱落していく生徒は、基本的に水準を満たせなかった生徒。だが、時には優秀な生徒を失うこともあるだろう」

誰かを庇ったり、あるいはより強大な相手に罠にハメられたり。

予定外の生徒が消えていくことは、必ずしも不可思議なことじゃない。

「学校のやり方を疑問視する声もある。しかし、俺はこの学校にはとても感謝している」

理不尽に仲間を失うこともある学校のやり方を、堀北兄は否定しない。

「この学校では、生徒たちが日本の将来を担うために教育を受けている。100人が100人、当然その適合者になれることはない。それはどんな大学や企業に就職する者もそうだ」

向き不向きだけじゃなく、様々な結果の果てに合否が判断される。

「俺はその理念を学ぶことが出来た。ここを出た後、生半可なことでふるいから落とされることはないと肌で感じている」

それだけの成長をさせてもらったということか。

果たして同学年でどれだけの生徒がこの高みにまで上り詰められただろうか。

「ここまでだな」

正門。あと数メートル先の門を見つめる。

そして——最後にオレと向き合う堀北兄。

「一方的な願いになるが、鈴音のことはおまえに任せた」

その言葉を受け、堀北兄はオレに右手を差し伸べてきた。

「握手してもらえるか」

「ああ」

差し出されたその手を、オレは握り返す。

握手とは、自分の手と相手の手とを握り合わせる行為。

握った堀北兄の手は不思議な力強さを含んでいた。

そしてどちらともなく手を放す。

「また会おう、綾小路(あやのこうじ)」

そう別れを残し正門へと近づいていく。

ここを抜けてしまえば、誰にもどうすることは出来ない。

最短で2年。あるいは退学という道でしか兄と再会することは叶(かな)わないだろう。

そしてオレもまた、二度とこの男と会うことはない。


「兄さん――――！」


オレの後ろから叫ぶ声。

それが誰の声であるかなど、この状況では疑問を抱く余地もない。

その声を聞き、堀北兄が足を止める。

どうやら最後の最後、ギリギリで間に合ったようだ。
正午を過ぎ、あと数メートルで引き離されるところ。
もしあと1分到着が遅れていたら、その顔を見ることは叶わなかっただろう。
兄貴が振り返った時、その瞳に初めて見る驚きが強く含まれているのが分かった。
妹が来たことがそんなにも意外だったのか。
もちろんそれもあるだろう。
そう思ったが、そうではなかった。
いや、それだけじゃなかった、というべきか。
驚いた真の理由、答えはすぐにオレにも分かる。
「おまえ……」
予定の時刻を過ぎ、焦って走ってきたであろう堀北が息を切らせてオレに並ぶ。
だが今この時間、堀北にとってオレは周囲の景色と同じ。
視界には映っていない。
そして呼吸を整えながら兄の下へと一歩近づいた。
「遅くなってしまって、すみませんでした……!」
そう頭を下げ謝罪する。
どうして遅れてしまったのか。
普通ならそう問うているだろう。

「いや――――」

しかし今回に限っては、その理由は答えるまでもない。

一目見て、その理由を悟れる。

困惑、いや純粋な驚き。

昨日の堀北と今日の堀北には大きな違いがあったからだ。

これだったのか。

この学校に入学して、堀北兄がすぐに妹が成長していないことを見抜いた理由は。

堀北学は堀北の状態を見て言葉を失っているように見えた。

オレもそうだ。

この最後の別れの日。

堀北は、遅れることを覚悟でこの場に臨んだことがよく分かる。

そんな妹を、兄が叱れるはずもない。

「変われたようだな」

妹が現れたことにどこか安堵した様子の兄貴は、静かにそう言葉をかける。

「私は……変われたのでしょうか」

「いや――――少し訂正しよう。昔のおまえに戻れたんだな、鈴音」

それは始まりではなく、原点回帰だった。

「1年、いいえ……何年もかかってしまいました」

息を整えながら、兄からの質問にゆっくりと答える堀北（ほりきた）。

「どうしてもっと、もっと早く自分を取り戻せなかったのか……悔（く）やんでも悔やみきれません」

一歩、堀北は自分から兄の下へと距離を詰めた。

「今何を考えている」

「何でしょうか……。正直、まだ混乱している部分が無いと言えば嘘（うそ）になります」

言葉が上手（うま）く続かず、戸惑う堀北。

その様子を穏（おだ）やかな瞳（ひとみ）で見つめながら、堀北兄は言葉が紡がれるのを待つ。

「ですが、これだけはハッキリ言えます。私は……ずっと、ずっと兄さんの影だけを追い続けてきました。だけど、そんな私は、もうここにはいません」

兄のことだけを想（おも）い、兄のためだけに生きてきた堀北鈴音（すずね）。

勉強もスポーツも、全ては自身の兄に認めてもらうため。

「なら問おう。俺の背中を追うことをやめたおまえは、これからどうしていくのかを」

兄からの問いかけ。

堀北は呼吸を整え、更に言葉を紡ぐ。

「もう、誰かの背中を追うのはコリゴリですから。私は私だけの道を探します」

今、まだ堀北は自らの迷いを抜け出しただけに過ぎない。

周囲をやっと見渡せるようになったばかり。

それでも足は止めていられない。

「そして――――」

自分で自分の道を歩く。

それは簡単なようでとても難しいこと。

それを示せただけでも、兄にとっては十分な贈り物だったはずだ。

しかし、堀北はそれだけで終わるつもりはないようだった。

「私は、これからクラスメイトのために自らが前を歩いて行けたらと思っています」

周囲の手本となり、導く指導者。

リーダーとしての重要な要素。

「そして自分の道を見つけるために、この学校で仲間と共に学んでいきます」

1年前に堀北と出会った時、ここまでの成長を遂げるとは思っていなかった。

人よりも秀でた、ちょっと生意気な優等生。単なる席が近いだけの隣人。

良くも悪くも個の能力しかない、そんなイメージだった。

「そうか。やっと、本当に……俺の記憶の片隅に残っていた、昔のおまえに戻ったということだな」

そんなオレとは違い、堀北学(まなぶ)には見えていたのかもしれない。

妹の持つポテンシャルを誰よりも知っていて、信じていた者。

堀北兄は一度手にした荷物を足元に置き、残された堀北との距離を詰める。

あと少しで去ってしまう、その距離からの解放。

既に2人は、手を伸ばせば届くだけの距離にあった。

「俺がおまえを突き放した一番の理由が何だか分かるか？」

「……いえ」

恐らく堀北（ほりきた）は兄貴の気持ちまではよく分かっていない。

ただ、自らの過去の呪縛を解き放っただけ。

無意識のうちに、鍵のかかった宝箱を無理やりこじ開けたような状態だ。

そこには鍵という答え合わせがない。

どうして堀北兄が妹を拒絶するようになったのか。

厳しく突き放すようになったのか。

「俺はおまえのことを大切に思っている」

「っ!?」

その鍵のありかを教えるように、兄からの最後の贈り物が贈られる。

「そして、幼いおまえに大きな才能を感じていた。未熟ながらも、原石のような輝きを見ていた。やがてその原石は磨（みが）かれて、俺を超えるだけの力を身に着けてくれるような期待を抱いていたんだ」

最後の一歩を、堀北兄が詰める。

もはや少し腕を上げるだけで触れられる距離。

「だが、そんなおまえは俺という幻影に囚われた。俺に劣っていると決めつけ、そして追い抜くことは不可能だと諦め、自ら伸びしろを捨てる選択を選んだ。ただ俺の背中に追いつくことを終着駅として選んでしまった。そのことが、どうしても俺は許せなかったんだ」

兄貴の影を追いかけ、その横に並びたいと思うこと。

確かにそれは悪いことじゃない。

ある種立派な目標ともいえる。

だが、言い換えれば兄貴に並んだ時点がゴール。まさに終着駅ということになる。

兄に追いつくことを終着とする妹と、追い抜きその先へ進んでほしい兄の葛藤。

それがこの兄妹に大きな隔たりを生んでしまったのだろう。

「他者に強くあれ。そして優しくあれ」

兄は優しく、妹を抱き寄せる。

立っているだけで精いっぱいな堀北を、兄として力強く抱きしめる。

『短く切られた』堀北の髪が揺れる。

「兄さ――――」

「おまえはもう大丈夫だ。俺は、それを今確信した」

もはや、オレが何かを言うことはない。

何も言ってはいけない空間がそこにはある。

「数年間黙っていたことがある。おまえに謝罪しなければならないことだ」

「謝罪……？」

何のことだか分からず、堀北は顔を胸元に埋めたまま聞く。

「ここまで、俺たちの関係が拗れた大きな原因は俺にある」

「どういう、ことですか……？」

小さく聞き返す堀北。

「昔、俺は長い髪が好きだと言ったことがあったな。あれは適当についた嘘だ」

「え？　そ、そうなんですか⁉」

今の今まで知らなかった、と堀北が驚きの声をあげる。

「短い髪型を好んでいたおまえが、俺の言葉を真に受け、自分の色を失ってでも髪を伸ばすのかどうか、それを確かめるためについてしまった」

結果、堀北は兄の好みに合わせようと髪を伸ばし始めた、ということだ。

だからこの学校で再会した時、すぐに理解した。

堀北鈴音は何一つ変わっていない。

兄の背中だけを追い続ける妹に、失意を向けて接した。

勉強やスポーツの出来不出来を確認するまでもなかったこと。

「――その嘘を許せ」

「……酷いですね、兄さん」

「言い訳のしようもない」

恐らく堀北兄は、それをあえて訂正しなかった。

いつか変わってくれると信じていた妹の変化を察知するために。

「許します、兄さんのその嘘。その嘘のお陰で、きっと今があると思いますから」

それを堀北も分かったからこそ、その嘘を笑って許す。

妹の肩を抱き、顔と顔を見合わせる。

堀北は自分に出来る精いっぱいの笑みを浮かべ兄に向ける。

そして、それを受け堀北兄もまた、自らの仮面を外すように笑顔を見せた。

けして笑顔を見せたことがない男じゃない。

だが、こんなにも柔らかい笑顔を見たのはこれが初めてだ。

この笑顔を、オレが見ることはもう叶わない。

あと1年。

もしも、あと1年同じ学び舎で過ごすことが出来たなら。

オレはもっと堀北学という男と親しくなれた気がする。

そして変わることが出来たかもしれない。

それがとても心残りだ。

「鈴音。2年後、俺は正門の外でおまえを待っている。成長したおまえを見せてもらう」

「はい。精一杯……最後の最後まで戦い抜いてきます」

もはや堀北の成長を妨げるものは、全て取り除かれた。

ここから先、堀北は前を向いてどこまでも走り続けるだけだ。

「綾小路(あやのこうじ)。おまえとも会えることを楽しみにしている」

もしかしたら堀北兄もまた、オレと同じ気持ちを抱いていたのかもしれない。

「そうだな」

オレはそれが叶わない願いだと知りながら、気持ちは同じだと強く同意した。

「そろそろ時間だ」

12時半が近づいている。

気がつけば、バスがやって来るであろう時間が目前に迫っていた。

名残惜(なごりお)しそうにしながらも、両者がゆっくりと距離を取る。

「また会おう」

そう言い残し、堀北兄は正門をくぐる。

こうして、去って行く1人の男。

堀北はその背中を、まっすぐに見つめ、瞬(まばた)きすら惜しむように見つめ続けた。

堀北学は妹共々、オレに道しるべを残してくれた気がしていた。

1

正門から兄の背中が見えなくなっても、しばらくオレたちは同じ方向を見ていた。

だが、いつまでもこうして感傷に浸っているわけにもいかない事情がある。

動けないでいる堀北の硬直を、オレが言葉で解く。

「寂しくなるな」

「……そうね」

今生の別れではないが、この先2年は兄の姿はおろか、声を聞くことも叶わなくなる。

だが堀北の表情は強く引き締まり、凛々しいとも思える顔を見せていた。

「ありがとう綾小路くん……今日は、あなたがいてくれて助かったわ」

「そうか？　単に邪魔にしかならなかったと思うが」

「そんなことないわ。あなたが兄さんと話をしてくれていなければ、私は間に合わなかったもの。本当に感謝しているの」

明らかに場違いな男に対して、堀北が改めて礼を言う。

だが視線はこちらを捉えておらず、どこか明後日の方を向いている。

「それに兄さんの旅立ち、その日に見送りが私だけなのは悲しいもの……」

兄貴が選んだ道とは言え、確かにどこか物寂しさはあるな。

もっと大勢の生徒に見送られるべき存在だった。

それもきっと、妹のため。

堀北が自分と向き合いやすくするために、他人を寄せ付けないようにした。

どこまでも兄貴の計算の中だったのかも知れないな。

「オレも何だかんだ堀北の兄とは縁があった。もう少し話がしたかったくらいだ」

当初は歓迎すべきこととして受け入れていなかったが、今ならもう少し話を聞いてやっても良かったと思っている。後悔先に立たず、だな。

2人で寮へと戻る道を歩く。

「それにしても髪、バッサリいったんだな」

昨日までいつも通りだったことや、さっきの遅刻を考えれば、今朝思い立ち急遽切ってきたことは想像に難くない。ギリギリの中での選択だったのだろう。

「昔からこれくらいが好きだったのよ。でも、なんだか変な感じだわ」

とは言え、適当に切って兄の晴れ舞台を汚すわけにもいかない。

きちんとした格好で見送るには、遅刻という選択を取ってでもの一か八かの賭け。

結果的に堀北は勝ったわけだ。

「ただ、1つくらい事前に手を打っても良かったんじゃないか？　兄貴に会えなくなるくらいなら、オレを使って足止めさせた方が会える確率は上がった」

来ることが確定していれば、多少協力することも出来た。

たまたまオレが話をして時間を稼いだから良かったものの……。

「お願いして、あなたが素直に協力してくれたのかしら？」

「流石に今日くらいはするだろ」

「どうかしら。と言いたいところだけれど……実際は頼ろうとしたのよ」

そう答える堀北。しかし、取り出してみた携帯にはやはり何も履歴は表示されない。

「あまりに慌てていたせいね。携帯を寮に忘れたまま髪を切りに行ってしまった。そのことに気付いたのはカットが始まった後よ。まったく、抜けてるわね私も」

つまり、どうにもならない状況になってしまったわけか。

終わった後携帯を取りに戻るくらいなら、正門にダッシュした方が早い。

「間抜けね」

自嘲的な笑いを見せる堀北。

「それだけ、今日思い立ったことが堀北にとって大きなことだったたってことだろ」

慌てて開店と同時に駆け込んだところを想像すると、ちょっと面白いが。

普段計画的に動く堀北だけに、その動揺によるミスも無理ないことだろう。

「髪を切ったのは、私なりのケジメだった」

「兄貴の好みがどうとかってのは、頭の片隅になかったのか？」

「もちろんよ。単に過去の自分に戻ろうと思っただけ。けれど、私が兄さんを追いかけるようになった時と時期がシンクロしていたから。そういう意味でこうすることが、一番気持ちが伝わると思ったのよ」

偶然が呼んだ最善の策だったわけか。

１年間長い髪を見てきただけに、その違和感はとても強い。

「何年ぶりかに、自分らしく戻ってどうだ？」

「どう、と言われても困るわね。確かに小さい頃は今みたいなショートが好きだったわ。でも、ずっと長い髪で過ごしていると愛着も湧いてくる。正直複雑ではあるわね」

昔好きだったショート。今は受け入れていたロング。

昔の自分と今の自分。そのどちらもが、堀北鈴音であることは間違いない。

「今、私はどっちの自分も受け入れられるような感覚でいる」

そう言って、短くなった自らの髪に一度指先で触れる。

「だからもう一度0から考えるわ、今の私には見えていないものがあるから。この学校を卒業する時まで伸ばし続けるのか、それとも伸ばしていないのか。もし伸ばし続けたとしたら、元の長さに戻るまで多分2年くらい……ちょうど卒業する時期かしらね」

昔の自分と過去の自分。そのどちらをも受け入れた堀北。

「分かっているのは、髪の長さなんて関係なく、私は堂々と兄さんに会うことが出来るということ」

一度は短く切った髪が今後どうなっていくのか、それをオレも楽しみにしよう。

最後の最後で堀北学は、大きな財産を堀北に残して行った。大きく手助けしなければ成長しないと思っていた堀北だが、それはオレの見立て違いに終わるかもしれないな。

「名残惜しくはあるんだろ？」

本当なら、1時間――――いや、1日程度じゃ語りつくせないほど話したいこと、話したくても話せなかった数年分の想いが山ほど有り余っているはず。

「そんなの……それは、仕方がないことよ」

自分を納得させるように頷く堀北。

「それに、もう私と兄さんとを邪魔する壁は取り除かれた。これからの2年間を走り抜けて、その後でいっぱい話せばいい。そうでしょう？」

「確かにな。卒業後に待ってるとまで言わせたんだからな」

卒業式が終われば、外部と連絡を取ることも自由になっているだろう。

その時堂々と、兄貴に会ってゆっくり語り合えるか。

「今日の出来事は大収穫、これ以上の贅沢は罰が当たるわ」

切り替えが早いことで。

そう。表面上は、切り替えている。

今頭の中で懸命に平静を装って、切り替えようとしている。

だが気持ちの切り替えなんてそう簡単にいくものじゃない。

「でも――――もう、ここまででいいわ」

足を止めた堀北は振り返ることもなく、立ち止まってそう言った。

その顔はもうオレを見ていない。

いや、見ることが出来ないと言った方が正しいか。

「どうした」

本当は分かっていながら、オレは一度だけとぼけたフリをして聞いてみた。

いつもの冷静な堀北ならこの一言がとぼけたものだと気がついただろう。

しかし、今そんな余裕のない堀北には見抜ける様子もない。

「私は……ちょっとだけ、寄り道をして帰るから」

誤魔化すように、暗にオレに帰れと告げている。

「寄り道？」

どこに行くのかを尋ねても、堀北は答えられない。

「いえ、散歩、みたいなものね」

濁してそう答える声に、微かなる震え。

「付き合おうか？」

「結構よ」

そう言って曖昧にして、堀北はオレに背を向けて歩き出す。

ケヤキモールに行くわけでも、コンビニに向かうわけでもなく。

どこか人気のない場所を求めて歩き出す。

オレと共に寮に戻っていたら、間に合わないと思ったんだろう。

そんな堀北をオレは追う。

当然、堀北は1人になるつもりが後をつけられてきては落ち着くことも出来ない。

「どうして……後をつけてくるの」

振り返らず、堀北は声を殺しながら言う。

「さあ、どうしてだろうな」

「理由がないなら、つけてこないで」

拒絶する態度を取るが、オレは帰る素振りを見せなかった。

この1年間、堀北には何度か意地の悪いことをされたからな。

「じゃあ理由を言ってやろう。ちょっと意地悪をしてみたくなったからだ」

「……何を言ってるのか、理解できないわね」

「そうか。だったら言ってやろう」

「言わなくていいわ」

「いや、そうもいかないな」

オレは堀北が堪えている防衛ラインを崩壊させるつもりで、ゆっくりと口を開く。

「悲しい時は、我慢せずに泣いていいんじゃないか？」

と。

ただ、それだけを言った。

「……あなた、私の話を聞いていなかったの？」

「聞いてた。兄貴と和解出来て心底嬉しかったんだろ？」

「そうよ。それで、満足したの。どこに、どこに悲しむ要素があるのよ」

「満足なんかできないだろ。確かに2年後には語り合えるかもしれない。けど、人はそんな簡単に納得できる生き物でもない」

その日を夢見ていた少女が、また2年間の延期を食らったのだ。

晴れ晴れした気持ちがないわけじゃないだろうが、それだけじゃ終わらない。

「私は……私は満足した。満足したのよ」

「だったらこっちを振り向けるか？」

背中を向けたままの堀北。

こちらのお願いを聞き入れることなく、首を左右に振る。

「断るわ。どうして、あなたを見なきゃいけないの？」

「さあ、どうしてだろうな」

早歩きして、逃げようとする堀北にもう一言だけ背中越しに声をかける。

「泣いたっていいんだ」

兄との2年ぶりの再会、そして拒絶。

無人島での高熱との孤独な戦い。

クラス内投票による憎まれ役。

どんな時も、堀北は泣くことはなかった。

「わ、私は……」

歩みを続けようとしていた足が止まる。

頑張って頑張って、やっと兄と心を通じ合わせることが出来たばかり。

きっと明日から、笑って話し合える仲に戻っていたことだろう。

しかし、兄はもう門を越えて新たな旅立ちを迎えてしまった。

次に会えるのは、最短で2年後。

「やめ……やめて……」

声が、徐々に震えだす。

その長い歳月を、堀北(ほりきた)はここで、この学校で戦っていかなければならないのだ。

「だって、仕方ないじゃない……!」

反論しようとした堀北だったが、堪(こら)えていたモノが溢(あふ)れ出す。

「だって――――!」

今、まさに別れたばかりの兄を思い出す。

「やっと……やっと私は自分の過ちに気付いたのに……!」

崩れ落ち、膝(ひざ)をつく。

両手で顔を覆い、どうしようもなく溢れてくる涙を受け止める。

「また兄さんと離れ離れになってしまった……!」

できることなら、正門の向こうへと一緒に飛び出したかったはずだ。

それをおくびにも出さず、立派に兄の背中を見送った妹。

「ああ。寂しいな」

「寂しい……寂しい……!」

大泣きする少女は、まるで小さな子供のようだった。

涙を溢れさせ、だけどそれでも堪えようとする堀北。

もしもこの学校じゃなければ、堀北はどこへでも兄を追いかけられただろう。

会いたい時に会え、話したい時に話せる。

「今、ここで枯れるくらい泣いてしまえばいい。それから、もう一回り成長したおまえを兄貴に見せてやればいい。おまえは、今この瞬間に変わり始めたんだ」

焦る必要はない。2年ある。2年あるなら、きっと堀北はもっと大きく成長できる。

それを兄貴も楽しみにしているに違いない。

「そうだよな……学」

もはや届くことのないオレの声が、春を迎える青空に吸い込まれていく。

2

感情が溢れ出した後、程なくして泣きやんだ堀北。

だがまだ気力は戻ってこないのか座り込んだままだ。

オレは隣に立ち、静かにその時を待っていた。

幸いとも言えるべきはこの辺りに誰もいなかったことだろう。

他の生徒に見られることはなかった。

「良かったな」

「何が良かったな、よ。あなたに見られたのは、とても屈辱的だわ……」

ちょっと慰めを入れたつもりだったが、そう甘くはなかった。

「ま、そうだろうな」

だからこそ1人になろうとしたわけで。オレがいなければ泣いている姿を見られることはなかった。

「でも、見られたものは仕方ないわ。前向きに考えることにする」

「前向きに？」

「……見られたのがあなたで良かった。そう思うことにしたの」

そう、堀北は心から安堵したように息を吐く。

確かに他の生徒なら余計に見られたい顔じゃなかったことだけは確かだろう。

「さて。今日のこの状況を啓誠たちと共有するか」

携帯を取り出してカメラのレンズを向ける。

「あなた殺されたいの？」

真っ赤な目がオレを睨みつけ、即座に携帯を仕舞う。

「冗談だ」

「あなたのつまらない冗談には、ＴＰＯの何たるかを教えてあげたいわね」

それだけの減らず口を叩けるなら、もう大丈夫だろう。

「……なんだか、1年前と構図が少し似ているわね」

「そうかもな」

場所こそ少し違えど、夜中にこうして2人で話したことを思い出す。

兄貴と再会した堀北(ほりきた)は、随分(ずいぶん)と失意の中にいた。

今は真逆のはずなのに、デジャヴを感じるから不思議なものだ。

「どうしてあなたの前ではこうも失態を晒(さら)してしまうのかしら。席も隣だし」

言われてみれば、入学当初から堀北とは奇妙な縁が続いているな。

それがどうにも堀北にしてみれば気に入らないらしい。

「たまにはあなたの失態を私にも見せてくれない？」

不公平だと堀北が嘆(なげ)く。

「失態ね。最近見せただろ。坂柳(さかやなぎ)とのチェス対決でオレは負けた」

「それは失態とは呼ばないわ。単なる敗北よ」

それでは納得できないらしい。

「じゃあ、この先2年生になった後で期待するんだな」

「そうするしかないようね。私の今後の楽しみに、しっかりと入れておくわ」

何としてでも今日泣き顔を見られたことに対する復讐(ふくしゅう)がしたいようだ。

にしても、まだ堀北が髪を切ったことが衝撃的でインパクトが強い。

「それ見たら、大勢が驚くだろうな」

クラスメイトの中には少しずつイメチェンを図る者も当然いるが、中々ないことだ。

「別に驚かれてもいいわ。そんなことはどうでもいいもの」

周囲の目は関係ないと、気にしないことを宣言する。

須藤なんかは真っ先にこのことに突っ込みを入れるだろう。

春休みはあと数日ある、その間に噂は広がるかも知れないが……。

いや、既に目撃者がいれば情報が錯綜しているかも知れない。

「こんな時になんだが先日の勝負のことは覚えてるか？」

「もちろんよ」

「オレが勝った時の願いを1つ叶えてもらうって話、その内容を思いついた」

「へえ……。てっきりもっと後にされると思っていたわ。精神的揺さぶりのために」

「いや、そんな姑息なことは考えてなかった。単に思いついてなかっただけだ」

やや怪しみながらも、堀北はその願いを言うように催促する。

「オレが勝ったら、その時はおまえに生徒会に入ってもらう」

「……前に言ってたわねそんなこと」

以前、生徒会に興味があるかを堀北に問いかけたことがある。

兄貴に電話を繋いだが、結局自分の意思で判断しろと言われ堀北は拒否した一件。

「ああ。その条件で飲めるか？」

「生徒会にはまったく興味はないけれど……いいわ。私が勝てばいいだけだもの」

勝てば問題ないと堀北が許諾する。

「でも生徒会に入れる保証はないわよ？」

「その辺は心配ないだろ。南雲は基本的に誰でもウェルカムなタイプだ」

大勢を跳ねのけた学とは大きく違う。

何より学の妹である堀北なら、南雲も無下に拒絶したりはしないだろう。

「一応、生徒会に入れたい理由を聞いてもいいかしら」

「それは秘密だ。おまえが負けたら聞かせてやる」

「気に入らないわね。それくらい聞かせてくれてもいいでしょう？」

「また負けた時のことを考えてるのか？」

「……そうじゃないわ。私が勝つから、先に理由だけ聞いておこうと思ったのよ。あなたが負けたらそのまま理由を話さないって意味合いにもとれるもの」

確かに勝ち負けが決まった後だと、オレが理由を話す意味すらなくなってしまうからな。

「おまえの兄貴は、ずっと南雲雅のことを気にかけてた。その流れだ」

「つまり、私を生徒会長の見張りに立てようってこと？」

「そうなるな」

「兄さんはあなたにそんなことを頼んでいたのね」

やや不満そうに、オレに視線を向ける。

「おまえと友好的な関係を築けてなかったから、仕方なしにだろ」

打ち解け合っていたなら、この話は最初から堀北の方にいっていたかも知れない。

「謙遜はやめて。この学校で兄さんは誰よりもあなたを気にかけていた。そうでなければ旅立ちの日にあなたを招待したりしない。全く……どうしてあなたなんかを」

そう文句を言いながら、堀北はゆっくりと立ち上がった。

「もうやめね。一度あなたのことを頭から除外するわ」

そうしなければ身体が持たないと、呆れるように振り払った。

「最後に堀北、ひとつおまえに確認しておきたいことがある」

「何かしら。まだ何か変なことを言い出すつもり？」

「櫛田についてだ。オレが考えていることと、今の状況を簡単に説明しておく」

よく分からない話の切り出し方に、堀北は怪訝そうに眉間にしわを寄せた。

「今の状況？」

櫛田の暴走を抑えるため、オレが櫛田と契約を結んだこと。

その契約とは、自分の身を守るために入手したプライベートポイントの半分を毎月差し出すこと。こうすることで、櫛田のターゲットから外れることが出来るというもの。

「あなた……バカなの？　そんな無茶な契約をしていたなんて」

「櫛田から信頼を得るためにやったことだ」

「それにしてはあまりに迂闊だったんじゃないかしら。毎月半分はやりすぎよ」

「それくらいでなければ櫛田の感情は動かせないからな。とはいえ、おまえからの公開説教を食らって信頼なんて消し飛んだだろうけどな」

オレに対する不満というよりは、疑念が再び渦巻いている段階だろうが。

「全く……。あなたが優秀なのかどうか、また疑問を持ち始めそうだわ」

呆れたくなる気持ちも分かるが、本題はまだ済ませていない。

「それで、この話を私にした理由は？」

「オレがこの無茶な契約を結んだのは、後にたいした障害にならないと判断したからだ」

「半分もポイントを提供し続けることが、障害にならないとでも？」

「契約者の櫛田が退学してしまえば、そのリスクは0になるからな」

その発言を聞き、堀北の手が止まる。

そしてまだ少し赤い目を、オレに向けてくる。

「今、しれっととんでもないことを言ったわね、あなた。何の冗談？」

「オレは櫛田を退学させるつもりだった。いや、今も退学するべきだと考えてる」

「冗談……じゃないのね？」

「ああ。夏の段階で、櫛田を切ることは頭の中で想定してた」

実際、排除できるタイミングもなかったわけじゃない。

「でも——私に話したからには状況は変わっているのよね？」

「ああ。その判断をおまえに委ねたい」

オレがジャッジを下すのではなく、堀北に櫛田をどうするか任せる。

そのために、今オレはこの話を聞かせている。

「分かりきった話じゃないかしら。私は櫛田さんを退学させるつもりはない。いいえ、クラスメイトの誰一人、不用意に欠けさせるつもりはないわ」

やっぱり、その意思は日増しに固くなっているようだな。

「でも平田くんのように甘い考えを持つつもりもない。常に犠牲ラインに立ってもらっている生徒はいる。もちろん、これからの貢献度で入れ替わっていくものとしてね」

クラス内投票のように退学者を出さなければならなくなれば、決断をするということ。

「その貢献度で櫛田が最下層に来たら？」

「もちろん、その時は彼女が退学の筆頭候補になる」

その言葉に嘘や偽りはなさそうだ。

「けれど彼女がクラスの中で最下層に来る可能性は今のところ低いわよ」

「分かってる。目に見えてる櫛田の貢献度は高い方だからな」

勉強もスポーツもそれなりに出来るうえ、クラスに必要不可欠なポジションに立っている。山内退学の件で多少ケチはついたが、致命的なほどではない。

「おまえなら、任せられると思ったから話したんだ。だが、堀北が成長してクラスメイトの中心になっていくほど、櫛田は厄介な存在になるぞ」

櫛田の過去を知る人物。それは何があっても消せない事実だ。

「あなたはそれを事前に取り除こうとしてくれたわけね」

「ま、そういうことだな。安易な説得で味方になるほど甘くはないだろ？」

「その点は認めなくもない。彼女に中途半端な説得や話し合いは無意味だと痛感してるわ」

それを分かっていながら、櫛田を受け入れるつもりか。

以前なら単なる甘さとしか認識しなかったが、今は少し違う。

「それならオレが言うことは何もないな」

「あなた……まさかクラス内投票で櫛田さんを降ろすことを狙っていたの？」

「それは無茶だろ。山内に協力したとはいえ、クラスメイトからの信頼は厚い」

「そう、そうね。あなたにもそんな動きは見られなかったし……。でも私に話した以上、今後櫛田さんの件は完全に一任してくれると思っていいのよね？」

「ああ。オレからは何もしないと約束する」

この先どんな選択肢を取るのか、堀北が決めていけばいい。

「あなたが私に話したのは、その障害を乗り越えられると判断したから？」

「生憎とそこまで楽観的じゃない。今でも櫛田排除の方向性は一貫してるからな」

「そうよね。ならどうして？」

理由を問われて初めて、考えさせられる。

「考えてなかったの？」

「そうだな……。効率的じゃないことを、今オレはしている」

黙って櫛田を退学させてしまう方が、絶対にこの先を考えれば正しい判断だ。

なのに、そうしなかった。

堀北に委ねようとしている。

その理由。

その理由か。

「おまえが、その障害にどう立ち向かっていくのかを見たくなった……んだろうな」

ひねり出した答えに自信はなかったが、それ以外にはなかった。

「多分な」

「そういうことにしておくわ。あなたの言うことは話半分で聞いておいたほうが良さそうだし」

完全に立ち直ったであろう堀北が歩き出す。

「私はもう帰るわ。あなたは？」

「オレはもう少しここに残る」

軽く別れの言葉を残し堀北は寮へと戻って行った。

また夜中に思い出して泣くかもしれないが、ひとまずこれで大丈夫だろう。

オレは一之瀬との先日の会話を思い出す。

坂柳の存在や、龍園、堀北の成長。

楽しみな、４クラスの戦い。

更に1年の時を経て、どこまで変わっていけるのか。

色々と成長させる要素は盛り沢山だ。

学から贈られた言葉が、ずっと引っかかり続けている。

生徒たちの記憶に残る生徒になれ。

「とんでもない置き土産をされたもんだ……」

オレが記憶に残る生徒になるために、出来ること。

それは生徒たちを育成し、成長させることにあるんじゃないだろうか。

成長させた生徒同士で競わせ、より高みを目指させる。

自分がその立場になることを想像すると……そう、ワクワクするとでも表現すればいいのだろうか。どこか楽しそうだなと思えてくる。

無意識のうちに脳内で弾きだされていくクラスの戦力分析。

1年後に見えてくる結果。

まだ、どのクラスも成長を求められる。

あまりに虚弱な強さ。それらも踏まえての心躍る感情。

だがその一方で、オレは心が急速に冷えていくのを感じていた。

「オレが求めていたのは――平穏な日常……そのはずだよな」

今、初めて自分の心にフィルターがかかっているのを感じる。

心という存在は、確かにこの1年で見違えるほど成長した。

いや、今も成長している。

心の成長を、確かにしているはず。

そう自分に言い聞かせようとする。
だが効かない。
まるで、思い込みが自分に通じない。
内側に封印してきたメッキが剥がれ落ちただけじゃないだろうか。
そんな不安に似た黒いものを覚えずにはいられない。

オレは——

オレは来年の今頃、まだこの学校に残り続けているのだろうか——
そんな言い知れぬ暗い闇が——オレを包み込む。

○松下（まつした）の疑念

春休みも終盤になった4月3日、私——松下千秋（ちあき）はある決意を固めていた。

学年末試験の前後から今日に至るまで、心の中にくすぶり続けるある感情。

それは、綾小路清隆（あやのこうじきよたか）というクラスメイトの存在だ。

「やっぱり気になる、よね」

ここ最近は、彼のことが気がかりで仕方なかった。

こんなことを誰かに言えば、恋だの愛だのとはやしたてるかも知れない。

でもそうじゃない。断じて恋愛感情などではないことを、ここに宣言してもいい。

私は綾小路くんに対して、強い警戒心を覚え始めていたのだ。

他の生徒にそんな話をしても、首を傾（かし）げられるだろう。

だけど私なりに1つの答えを手に入れつつある。

この気持ちを理解してもらうためには、まず初めに、私という人物についてを知ってもらわなければならないだろう。

私の生まれはそこそこ裕福で、優しい両親に恵まれ何不自由なくここまで育ててもらった。欲しいモノは何でも買ってもらったし、その分習い事や塾も上位の成績で学んできた。

親は子供の優秀さに感謝し、子供は親の優秀さに感謝する。

そんな非常に良好な関係を築いていた。

更に、自分で言うのも何だけど容姿も恵まれた方だと思っている。

この事実を知れば多くの人が、そんな私を羨むだろう。

大人になって、恋愛を重ねて、やがて経済力のある男性と結婚する。

私の人生には多分、一番ではないけど恵まれた人生のレールが敷かれている。

そして、そんな私は将来に対する展望も幅広く持っている。

幾つか候補はあるけど、国際線のＣＡや大手一流企業への就職も悪くないと考えていた。

だけどこの学校に入ったからには、もう少し大きな夢を抱くようにもなった。

海外の一流大学に進み、将来は大使館に勤めそこから国連へ……そんな道も見えてきた。

順風満帆な私の、沿うだけのレール。

一度も躓いたことのなかった人生。

ただ、私の最初の誤算はこの学校に入学した後にあった。

それはＡクラスで卒業することでしか、希望の進学先や就職先を叶えられないこと。

それはつまり、Ｂクラス以下のクラスに価値が見いだせないこと。

もちろん、私はある程度自力で希望する進路を勝ち取る自信はある。

でも……Ｂクラス以下での卒業は足かせになるだろう。

『Ａクラスで卒業できなかった生徒』という厄介なレッテルを貼られかねない。

成し得た時のメリットとデメリットの大きさは、安定を望む私にはマイナス要素だ。

そしてAクラスではなくDクラスに配属されてしまったこと。

これは、とても痛いハンデを背負ったことを意味している。

けど入学当初の私には、まだ焦りが少なかった。その油断が運のツキ。

1か月であっという間にクラスポイントを使い果たし、圧倒的最下位に沈んでしまった。

「冷静に考えたら……勝ち目はあったんだよね……」

そう。私たちはDクラスでスタートだったけれど、スタートは横並びだった。

最初の1か月にしっかりと状況を理解していたら、結果的に上位クラスにも上がれた。

そんな最悪のスタートだったけど、1年間を終えてそこそこクラスポイントは上昇。

一度はCクラスにも上がった。この先も、まだ上位のクラスを狙える……。

「ううん、無理、か」

早期に気付いていたとしても、他クラスとの基礎能力の差は想像より大きい。遅かれ早かれ引き離されていただろう。たまたま今年が上手(うま)くいっただけで、生徒一人一人の実力は大きく劣っている。この事実関係を覆さない限り私のAクラス行きは限りなく0に近い。

あまりこんなことを口にして言いたくはないけれど、私は学年の中でも優秀な方だと自負している。上位10%の枠内であれば、ほぼ間違いなく手中に収めているはずだ。

それでもDクラス内で頭角を現さずカーストの中盤に位置しているのは、私が手を抜いているからだ。もちろん要所では足を引っ張らないようにしているけど、目立ちすぎるのは好きじゃない。それに私が仲良くなったグループは、どうにもレベルが低い子ばかり。

Dクラスの半数が、学年の下位10～20％を占めている。

そんな中で中途半端に実力を発揮(はっき)させてしまうと色々とやっかみを買うか、極端に頼られてしまって面倒事に巻き込まれる。それは避けたかった。

それに、もし私が本気を出していても、状況は大きく変化しなかっただろう。

良くも悪くも、私は優秀止まりであって、天才なわけじゃない。

何より率先して物事を動かすタイプでもない。

ただ……。

他力本願じゃないけれど、私だってAクラスで卒業したい。

叶(かな)うなら、楽なルートで未来を安定させる方向に導きたいとは思っている。

そのためにはクラス全体に頑張ってもらわなければいけないわけだけど……。

この1年間を見てきて、それは無理だと半ば諦めていた。

確かにある程度の人材はいる。

堀北(ほりきた)さんに平田(ひらた)くん、櫛田(くしだ)さん。幸村(ゆきむら)くんや王(ワン)さんのように頭の良い生徒もいる。

だけどピースはまだ足らない。大勢が足を引っ張っている実情。

それらと差し引きすれば、まだマイナスだ。

あと2人か3人、今挙げた人材に並ぶ存在がいれば……。そんな歯がゆい思い。

そう――

綾小路くんが、私の目に留まるまではその思いに苦しめられていた。

これは一方的な推測だけど、綾小路くんは私と同じタイプなんじゃないかと思っている。

何となく自分だけの生活がしてみたくて、この学校に入った口。

私よりも一層出世欲はなくて、ＡクラスやＤクラスへのこだわりは薄いタイプ。

それでいて、しっかりとした実力を持っている。

もしもこの読みが当たっているのなら。

私と合わせて２枚のカードがＤクラスに加わる。

そうなれば、活躍次第では上のクラスを狙えるんじゃないか。

そんな考えが最近、ちらついて仕方がなかった。

どうしてそんなタイプだと彼を思うようになったのか。

根拠というか、気になる点はこれまでにあった。

軽井沢さんの時折綾小路くんを追う視線。そしてちょっとした距離感。

最初は勘違いかと思ったけど、平田くんと別れたことで私の中では確信に変わった。

彼女は綾小路くんに惹かれている。

良い男と付き合うことをステータスと感じている軽井沢さんが、綾小路くんを選んだ。

どうして？　外見が格好いいから？　ううん、それだけとは思えない。

それなら人気も高い平田くんをキープし続ける方が彼女にとって都合がいいはず。

なら――その人気を捨てるほどの『実力』を綾小路くんが持っているからじゃないか。

私はそう結論付けた。

そうすると、恐ろしいほど様々なことが重なってくる。クラスでリーダー的活躍を見せだした堀北さんのかかわりかた、平田くんのかかわりかた。どちらも綾小路くんに対して一目置いていることは間違いない。一之瀬さんとも、近い距離にいる。

体育祭で堀北元生徒会長と熱戦を繰り広げたことも、今にして思えばおかしなことだ。

更に付け加えれば、坂柳さんがAクラスを総動員してプロテクトポイントを与えたこと。山内くんを退学させるための、偶然選ばれた生徒だとしていたけど、司令塔で戦うことになったことからも、単なる偶然で片づけるにはお気楽すぎる。

こうなると如何に綾小路くんが不可思議な存在であるかは誰にでも分かるだろう。

でも、ほとんどの生徒は気づかない。

それはそうだ。彼は公の場ではほとんど活躍するさまを見せていないのだから。足の速さは突出した能力であるものの、それだけでカーストの上位になれるのは精々小学生まで。高校生……いや、大人に近づくほどコミュニケーション能力も問われてくる。

カースト上位に君臨する生徒たちの多くは、突出した能力と同時にコミュニケーション能力も身に着けているもの。1つ欠けるだけで受ける印象は段違いだ。

足が速いけど影の薄い生徒止まり。それが綾小路くんに対して大勢が抱いている印象。

もしこれでコミュニケーション能力があれば、綾小路くんのカーストは相当上だった。性格にもよるけど、平田くんと双璧を成す立ち位置にいたかも知れない。

でもこれは机上の空論というか、無いものねだり。須藤くんの頭が良くて社交性が高かったらとか、幸村くんがスポーツも出来たらとか、そういうあり得ない次元の話。

今私たちのクラスに求められている最優先事項は『学力』次いで『身体能力』だ。

そして綾小路くんはこの2つを満たしている可能性が高い。

しかも、2つに限っては平田くんを上回っているかも知れない。掘り出し物だ。

もちろんこれは、ちょっとした願望が含まれている。

そうであってくれるなら、クラス向上のための大きな力になるからだ。

実際のところ同じくらい有してくれていれば、不満はない。

そんな綾小路くんだが、私がここまで注目するようになったのは学年末試験の影響だ。

フラッシュ暗算でとても解けるはずのない問題を、綾小路くんは適切に解答した。

それが私に与えられた数少ない決定打。

未知数の彼の実力。

それを知りたい。

そして、それがもしも本物であるなら——利用しない手はない。

学力でも身体能力でも私にかなり近いことは、ほぼ間違いない。1年間水面下で生活をしてきたところからも、一筋縄では篭絡出来ない相手だろう。

だけど読み合いには自信がある。心理戦には自信がある。その点ではこちらが上。
単なる好奇心での接触と思わせ、彼の本性を引き出し協力させる。
それが来年からの反撃の狼煙になる。
「……なんてね」
確かにAクラスに上がることは魅力的だ。
でも今私を衝き動かしている原動力はそれだけじゃない。退屈さだ。
手堅い人生のレールを歩くだけじゃなく、スリルを求めている。
他のクラスメイトには無い、ミステリアスな部分を追求したいと思っている。
それが、綾小路くんに接触したい一番の理由だ。
着替えを終えた私は、今日も友達との約束でケヤキモールに出かける。
その中で、視線を雑多に向け綾小路くんを探す日々。
だけど偶然に出会う確率なんて、幾ら学校の敷地内とはいえそう高いものじゃない。
春休み前半は一度も会うことなく、勿体ない時間を過ごしていた。
何か手掛かりを得たい。
好奇心と願望が、日々私の視線を勝手に衝き動かしていた。

1

「松下さんこっちこっちー」

「おはよ～」

午前11時過ぎ。

私は篠原さんや佐藤さんたち、いつものメンバーと合流した。

春休み中の私たちは毎日のように意味もなく集まって、他愛もない話に華を咲かせる日々。これはこれで嫌いじゃないけど、やっぱりどこか退屈だ。

1年間良い子ちゃんを演じてきたけど、今は刺激を求めてしまっている。

そこで私は、少しだけクラスメイトたちに突っ込んで話をすることにした。

「篠原さん、池くんとは進展あったの？」

得られるであろう些細な刺激で、退屈を凌ごうとする。

「ちょ、え!? なんでなんで、あるわけないって!?」

慌てて否定する篠原さんだけど、その態度は見るからに動揺を隠せていない。

佐藤さんの『マジでその話しちゃう？』という驚きとわくわくを含んだ目が面白い。

ここ数か月池くんと篠原さんが急接近していることなど、とっくに知れ渡っている。

本人たちは隠しているつもりだろうけど、ここは狭い学校。

どうやったって男女でデートしていれば目についてしまう。

「そろそろ聞かせてくれてもいいんじゃないかなーって思ったんだけど？」

「だ、だから私そんなんじゃ……だって、あの池だよー？　ダメダメ男の典型じゃない」

そう否定する篠原さんの表現は適切だ。確かにスペックだけ見ると、下位も下位。

身長も低いし、勉強も出来ないし、お喋りだって上手じゃない。私からすればきりのない突っ込みどころを持った相手だけど、恋愛はそれだけじゃ計れない。

時にはそんなダメンズに惹かれることだってある。不意の交通事故みたいなものだ。

それに篠原さんのレベルなら、お似合いとも取れる。けして不釣り合いじゃない。

「いいじゃない。誰が誰を好きになるかなんて、分からないんだから」

何だかんだ佐藤さんは恋愛話に目を輝かせ、篠原さんにスマイルを向ける。

「だから、違うってばぁ」

「否定しなくてもいいって。私としては本音を聞かせてもらいたいかな。ねえ？」

認めようとしない篠原さんに、私は佐藤さんを更にけしかける。

「うんうん。私も気になってるし！　教えて教えて！」

こんな時、ちょっとした指示で従順に行動してくれる佐藤さんは楽でいい。深く考えられないタイプというか、その辺が学力にもしっかりと悪い方向で出ているのは仕方ない。

こんな風に辛辣な評価を下しているけど、けして人間としては嫌いじゃない。

篠原さんも佐藤さんも、気の許せる友人。プライベートで欠かせない女子仲間だ。

困っていることがあれば相談に乗るし助けてあげたいとも思う。

後は実力さえついてきてくれれば、言うことはないんだけど。

そんな風に私が考えているなどとは露程も思わない篠原さんが、池くんとの関係を話す。

「最近もさ、無意味な喧嘩ばっかりしてるし。ホント、別に進展なんてないんだって」

ため息をついて首を振る篠原さん。

だけどそれは、けして進展することがないと否定しているわけじゃない。

「お互いに素直になれない性格っぽいしねー。ちょっとしたことで変わりそうだけど」

お似合いではあるものの、変なところで反発しあっている印象。

キッカケがあれば、グッと距離が縮まりそうな感触だ。

「私なんかのことよりさ、松下さんとかどうなの？　誰が好きな人できた？」

「私？」

そんな風に篠原さんに返されることは想定内。

むしろ、そうなるように誘導した。

「前に言ってたよね。付き合うなら上級生だって」

思い出したように佐藤さんも、篠原さんの話に同調する。誰の恋愛話でも盛り上がれるなら歓迎なのよね。女子とはそんなものである。

「そうだね。でも———特定条件を満たすならその限りじゃない、かなー」

2人の意識をコントロールして、ゆっくりと話を私の望む方向へ誘導していく。なんて偉そうに語る程でもない。誰だって何気ない日常の中で行っていることだ。それを意識しているかしていないかの違いだけ。

「へー。考え方変わってきたんだ？」

　この話に佐藤さんも当たり前のように食いついてくる。

「男はスペック、これは譲れないよね。外見も中身も一流がいいし。それから……家柄も必要だよね。相手の両親には教養や素養も持っててもらいたいし」

　いくら子供の出来が奇跡的に良くても、親がダメなら合格ラインから外れてしまう。

「スペックが良くて家柄も良いってことは……もしかして高円寺くん、とかぁ？」

　やや半信半疑に篠原さんが聞いてくる。

「えぇ～。そりゃ外から見てる分にはいいかもしれないけど、アレじゃない？」

　高円寺くんの名前を聞いて佐藤さんが少し引く。クラス内での高円寺くんの評価は、想像を絶するほど低い。理由は単純明快、クラスに迷惑をかけ続けるだけの奇怪な存在だからだ。ただ、内外での温度差は一番あると言えるだろう。

　外から見る分には外見、家柄など申し分はないし、女性には紳士的な面もある。

　だから学年を飛び越えた女子たちからは一目置かれているのも納得できる。

　学力に関しても、普段全力を出さないだけで底知れない実力を秘めていると見ている。

　まさに私が挙げた男性に求めるスペックの殆どを満たしていると言える希少種。

　実力だけなら、クラスナンバーワンは高円寺くんだろうと私は思っている。

　でも、何もせずとも分かることもある。

彼はまともな人間が動かそうとして、動くような代物じゃない。

想像を絶する変人。

暖簾に腕押し、やるだけ無駄だと最初から分かる。

そういう意味では須藤くんや池くんよりも、いや……クラス1のお荷物とも言える。

「高円寺くんはないかな。って言うか、アレはもう人じゃないよね」

そんな私の評価に2人がドッと沸いて笑う。

「真面目になったら間違いなく平田くんよりモテるけど、絶対真面目にならないでしょ」

それが私の評価。

そして、それは篠原さんや佐藤さんたちも激しく同意した。

人間が欠点ひとつで100点にも0点にもなると教えてくれるありがたい人物だ。

池くんと篠原さんの恋愛話から、私の理想像。そして、次の段階へ。

「そう言えば佐藤さん。綾小路くんとはどうなったの？」

「え……？　な、なんで？」

私の不意の一言に、硬直する佐藤さん。

思い出したかのように篠原さんも、佐藤さんを見る。それは冬休みの時だ。佐藤さんが私たちに話してくれたこと。綾小路くんのことが気になっていて告白するか悩んでいると打ち明けてくれたことがあった。あの時は今日の池くんと篠原さんのように、遠目に応援しながらその様子を見て楽しむだけのつもりだった。

「べ、別に私は……」

否定しかけた佐藤さんだが、言葉が詰まる。

けど気がついた時、佐藤さんから綾小路くんの話題はピタリと止まった。

もちろん、それが何を意味するのか私も篠原さんも理解しつつ触れたりはしなかった。

告白して振られたのか、それとも心変わりしたのか。とにかく佐藤さんから話してこない限りは触れないように配慮した。

でも、今の私には綾小路くんを詳しく知るうえで避けて通れない道だ。

「……ひ、秘密にしてくれる？」

そんな切り出し。

私と篠原さんはとても面白い話が聞けると確信し、佐藤さんの肩をそれぞれ叩いた。

「当たり前じゃない」

2

こうして、私たちは佐藤さんの悩みを聞くためにカフェに移動した。

これから持ち込まれる悩みを聞き、同意を繰り返す作業が始まる。

女子による女子のための時間。

解決を先に求める男子と違い、私たち女子は肯定から始まる。

それは悪いことばかりじゃない。

「実は私ね……あ、綾小路くんに告白したんだ……」

開幕と同時に切り出した言葉に、私と篠原さんは紅茶を噴き出しそうになった。

「え？　え!?　ま、マジ？　いつの間に!?」

異性との関係が一番進んでいると思っていた篠原さんは、思わず前のめりに。

私も2人の間に多少何かあったとは思っていたけどそこまで進んでたなんて。

だけど、裏を返せば結果は見えている。

もし付き合うことに至っていたなら私たちに報告しているだろう。

恥ずかしくて隠しているだけだったとしても、私は必ず気付く。

そうじゃなかったということは……。

「フラれちゃった」

告白してからそれなりに時間が経っているんだろう。言葉に動揺や焦りは見えない。

何度も泣いて、そして前に進もうとしている状態。

そこから考えてみれば——冬休みの内に告白していたのかも知れない。

私たちに触発されて早まったのであれば、それは申し訳ないことをしたかも。

「うっそー！　綾小路くん、バッカじゃないの!?」

女子からの告白。しかも外見は文句のない佐藤さんからのもの。

それを断ったことに対して、驚きと怒りを覚えているようだ。

「なんで？　え、なんでフられるわけ？」

「……純粋に気持ちの問題だ、って。好きじゃないから付き合えないって言われた」

篠原さんが額に手を当てながら何それ、と不服を漏らす。

「単純に好きな人がいるんじゃない？　堀北(ほりきた)さんとかさ」

私がそう佐藤さんに確認をすると、首を左右に振る。綾小路くんと言えば、確かに堀北さんの影がチラつく。今、私たちのクラスでどんどんと存在感を増している存在。綾小路くんと堀北さんがくっついているかも、という噂(うわさ)話は少しだけど立ったことがある。でも、結局その線は無いってことでいつしか話にも上らなくなったっけ。

「堀北さんや櫛田(くしだ)さん相手でも同じだって」

案の定、あの2人がくっついているということはなさそうだ。

「いやいやいやいやいや、えー！」

堀北さんの名前はともかく、櫛田さんの方には篠原さんのテンションもマックスだ。

「それもう、恋愛に興味ない朴念仁じゃない。ちょっと引いてキモッ」

そう結論づけたくなる気持ちは分かる。

肝心(かんじん)の佐藤さんはそう思っていないようだけど。

「可愛(かわい)い子も相手にする気が無いってさ……それって本命がいるってことじゃない？」

私がそう切り出し佐藤さんの方を見ると、視線を逸(そ)らしながらも頷(うなず)いた。

好きな相手のことは、誰よりもよく観察するもの。綾小路くんが誰に好意を向けているかを一番感じ取れるであろう人物は佐藤さんだ。

「多分綾小路くんは……軽井沢さんが好きなんだと思う」

どこか視線を他所にやりながら、佐藤さんがそう口にした。

「嘘、ちょっと待って。本当に？　え、え？　ええ？　マジのマジで軽井沢さん⁉」

またも私は篠原さんと顔を見合わせる。

知らない人が知れば、意外過ぎる組み合わせ。

だけど私は驚いたフリをするだけで、心の中では深く納得していた。

自分の読みと、そして綾小路くんを好きだった佐藤さんの意見が完全に一致したから。

「うん。それから……多分軽井沢さんも、綾小路くんのこと……好きだと思う」

「もしかして平田くんと別れたのって、そういうこと関係してたりする？」

私の問いかけに、佐藤さんは半信半疑そうではあったが、頷いた。

要は個人的にはそうだと思っている、ということだ。

「平田くんから綾小路くんに乗り換え？　いやー、ごめんけど私には理解不能」

それは池くんを選ぼうとしている篠原さんが言うべきことじゃないけどね。

「そんなことないって。私も……私だって、綾小路くんの方がイイと思うし」

「まだ好きなんだ……？」

「忘れようとはしてるんだけどさ、どうしても目が行っちゃって……」

それで日々、綾小路くんを目で追ううちに真実に気づいてしまったわけだ。

佐藤さんには申し訳ないけれど、とても参考になった。

「それにしても……なんかここ最近綾小路くんの名前をよく耳にするよねー」

篠原さんに浮かんだ何気ない疑問。

「司令塔の件とか？　あ、あと坂柳さんがプロテクトポイントあげた件とか？」

同じことを感じている佐藤さんも、綾小路くんが中心となった件を口にする。

「不思議だよね。なんで綾小路くんだったんだろうって。堀北さんが言うには偶然って話だったけどさ」

その件は私も不思議に思っていた。でも、この2人相手に真剣な議論をしても仕方ない。

「アレって、今にして思えば超上手い手なんだよね。プロテクトポイントを与えておけば学年末試験みたいな場所で人柱にならなきゃいけないわけでしょ？　坂柳さんが最初からそこまで考えてたって思えば繋がってくる」

ある程度納得できる材料を放り込んで、話題を終わらせることにした。

「あ、そっか……！」

もし綾小路くんじゃなく池くんだったなら、もっと楽に坂柳さんは勝てただろう。

もちろん、不意の相手を選ぶ意味で綾小路くんだったのかも知れないけど。

ともかく今の私にとってそれは後回しだ。

軽井沢さんが綾小路くんを好きで、そしてその逆もそうかも知れないこと。

それが分かっただけで今日は大収穫だったと言える。

これを切り口に、接触することも出来るだろう。

「私と同じでスペック重視だと思ってたけどな、軽井沢さん」

「だからそれは、綾小路くんも、その、凄いんだって」

「足が速いくらいでしょ？」

「でもさ、賢いって言うか、何でも分かってるような感じしない？」

佐藤さんがそんなことを私たちに聞く。

「しないしない」

即、篠原さんは否定したが私は佐藤さん寄りだ。

「確かに変な男子よりは、しっかりしてる印象あるかも」

全く篠原さんが同調しないので、私が合わせておくことにした。

「だよね！」

フラれたのに、綾小路くんが褒められて随分嬉しそうに目を輝かせる。

まだまだ恋心は残ってるってことか。

「単に口数が少ないからそう見えるだけじゃないの？」

「池くんなんか真逆で、いつも喋ってるもんね」

「そうそう。静かにしてって言ってもしゃべり続けるんだから」

不服そうにしながらもまんざらでもなさそうな篠原さん。

「それでね、私――」

佐藤さんが続けようとした時、私は視線の先に綾小路くんを見つける。

他の子たちは話に夢中で気がついていない。

「あ、ごめ。私ちょっと電話してきてもいいかな？」

そう確認を取ると、２人は快く送り出してくれる。

「少し長くなるかも知れないから、何かあったら連絡してきて」

そう言い残し、私は電話をしてくるフリをして席を立った。

追いかけてすぐ、綾小路くんの背中を視線に捉える。

鉄は熱いうちに打てって言うしね。

篠原さんと佐藤さんから視線が外れるまで、慌てないこと。電話するフリをしながら綾小路くんの後を追う。気づかれないように尾行するってことには一抹の不安はある。

どれだけ距離を開けておけば安全か、そうじゃないか。

下手に追いかけてることがバレたら警戒される。だから偶然を装いたい。

この春休みを逃すと、次は多分2年生になってからしか会えない。

その前に、接触できるなら済ませておきたいところね。

しかも幸いなことに綾小路くんの周囲には連れ添いもいない。

声をかけるタイミングは今だろう。そう思ったけど……私はすぐに身を隠した。綾小路くんに近づいてくる存在が目に留まったからだ。

「確かあの人って……新しい理事長……よね」

何故か、綾小路くんが話しかけられている、面白い組み合わせ。

新しい情報が拾えるかも知れない。

もし『実力』に関する部分なら、向こうの言質を取れればこちらのものだ。

「随分と長い間、理事長と話し込んでる……」

時間にして10分近く。

単に声をかけられて、話すにしては長すぎるんじゃないだろうか。

もしかして、綾小路くんはあの理事長と以前から面識がある？

親しそうに話しかけている理事長だが、対して綾小路くんはいつもと変わらない無表情。

「……分からない」

以前から面識があるようにも、初対面で色々聞かれているだけのようにも見える。

2人の動作からは、バックグラウンドが何も見えてこない。

もう少し距離を詰めれば会話を聞き取れそうだけど、それは危険だ。

通行人のフリをして見る手もあるけど、それだと隠れる場所がなくなってしまう。

ここにとどまって、もう少し観察を続けるべきよね……。

やがて長い会話が突然終わりを告げる。

理事長は、離れた薬局の入り口辺りで待つ大人たちと合流しにいったようだ。

綾小路くんはどうするだろうか……動き出した。

何事もなかったかのように、どこかへと歩き出す。

理事長との絡みから情報を拾えればと思ったけど、空振りだったかな……。

私は綾小路くんに声をかけるつもりだったが、それを撤回する準備を始めていた。

やっぱり、もっと脇を固めてからにすべきかも知れない。

もう少しだけ後をつけて、何もないようなら篠原さんたちのところに戻ろう。

角に消えていく綾小路くんを追いかけながら、私はそう思った。

3

その日のオレは、ケヤキモールに1人で買い物に来ていた。

春休みが終わって新学期が始まる前に、衣服など新調しておきたいものがあったからだ。

それだけの一日になる予定だったが、事情が変わり始める。

最初の異変はオレの背後から。

そして次の異変はすぐに前方からやってきた。

「少しよろしいですか」

どこから回ろうか考えていた時、4人の大人たちに声をかけられたことに始まる。

その内3人は工事業者のような格好をしていて、手にはクリップボードを持っていた。

だが、1人は手ぶらでピシッとしたスーツ姿をしている月城だ。

こちらの足を止めさせると、一度3人の方へと振り返る。

「では工事の方は手筈通りよろしくお願いいたします」

そんな指示を月城が出し、大人たちを先に歩かせていった。

「綾小路くん、随分と春休みを満喫されているようで。まるでいっぱしの学生のようだ」

優しい口調で何を話すかと思ったら、随分と皮肉を込められていた。

「何か自分に御用でしょうか、月城理事長代行」

「おや。歓迎されている様子ではありませんね」

そんなことを分かっていながら、あえて少しだけ声量をあげる月城。周囲で足を止める者がギリギリ素通りするレベルなのが、意図的であることを表している。

「理事長に声をかけられると変に注目を浴びますから。この学校じゃ実力のない生徒は日陰にいるべきだと思ってますので」

可能な限り、手早く相手の用件を引き出したいところ。

オレの後をつけている松下のことも気がかりだ。

「もう一度伺います。用件はなんでしょうか」

距離は離れていて会話までは聞こえないだろうが、色々と余計な憶測を生みそうだ。

「用件は私の話したいタイミングで話します。それが苦痛なようですが、我慢していただくしかありません。不服ですか？」

こちらの配慮など、月城がするはずもない。

むしろ好都合とばかりに、往来の場所で間延びさせるように話を始める。

「分かりました。ではゆっくりとお話しください」

「そうすることにしましょう。では、まずは天気の話からしますか」

パン、と手を叩いてそう提案する月城だが、すぐに目を細める。

オレの反応を見て楽しむつもりだとしたら浅はかだ。

こんなことで、心の中にある感情を上下させることなど出来るはずもない。

「冗談ですよ。私もこの後予定がありますし本題にしましょう」

それも、月城は当たり前のように分かっている。

分かっていて、それでもこちらを挑発してくる真似を取ったようだ。

だが言いたいことはあるようだな。

学校と生徒。その立場は何があってもひっくり返ることはない。

こちらが生徒である以上、抗えない力関係を示してきている。

「どうでしょう。この春休みを最後の休暇にして、父上の元に戻られるというのは」

場所のことなどお構いなく、内容に関しても中々踏み込んでくる。

まあ、こんな話を他の学生が聞いたところでどうにかなる問題でもないが。

オレが不利になることはあっても、この男にダメージはないだろう。

かと言って――

「無視して立ち去りたいでしょう。しかし、それは止めておいた方がいい。私も理事長としての立場があります。生徒に邪険にされるなら、それ相応の態度を示しますよ」

こちらの考えを見透かすように、月城が笑う。

「生憎ですが、学校を自主退学するつもりは全くないです」

「ホワイトルームに戻ることがそんなに嫌なのですか？」

「オレはこの学校を気に入ってます。学生として卒業したい考えがありますので。それ以外には理由は何もありませんよ」

「確かにここは良い学校です。政府からの潤沢な資金を使って、こんなショッピングモールまで建設してしまったんですから。知る人が知れば税金の無駄遣いだと嘆くでしょうね。毎年何億という金が、湯水のように使われている。ところが国民の大半はバカですから。子供たちを育成するための資金であると概要だけを聞いてよく知らずに納得してしまう」

ため息をつきながら、月城はぐるりとケヤキモール内を見渡す。

「だからこそ、やらなければならないことは無数にある。私も今はこの学校の理事長。学校のことを思うからこそ、今こうして働いているわけです」

それが工事関係者のような人間とのやり取りだろうか。

表向きは出来る理事長を演じなければならないのだ、確かにやることは多いだろう。

「ところで――――君を追いかけている彼女は、同クラスの松下千秋さんでしたか」

こちらに向けた視線を変えないまま、そう呟く。

「一瞬ですが、塀の裏に隠れるのを見ました。随分とモテるようですね」

ほとんど月城の視線はこちらに向いていなかったはずだが、よく観察している。大人たちと会話しながらも、常に周囲には気を配っていたということか。

「一クラスの生徒の名前までしっかり覚えてるんですね」

「あなたのクラスメイトくらいは、覚えておいて損はありませんから」

精神的揺さぶりを狙った攻撃とでも称しておこうか。

「彼女はフラッシュ暗算でのあなたの解答を知っている。大方その流れでしょう。段々と窮屈になってきませんか？　普通の学生として過ごしたいのに、難しくなっている」

学校に対する嫌な印象を植え付けようとしている感じだ。

「我慢しますよ、それくらいなら」

「正直に申し上げれば、私は君のことなどどうでもいいと思っています。むしろ、貴重な時間を割かなければならないことに強く不満を抱いています」

「だったら、今すぐやめればいいんじゃないですか。無理強いされることじゃない」

「あなたの父上がそれを許してはくれませんからね。あの人に逆らえば、私の住む世界では生きていけない。私もまだまだ、上を目指したい人間ですから」

立ち去る気配もなく、長々と話を続ける月城。

「そう怪訝な対応をしなくても。言い訳など幾らでも出来ます。そうでしょう？」

「まあ、そうですね」

「君のホワイトルームでの成績には目を通しました。確かに非凡な子供であることは大いに認めます。僅か16年余りという年齢では、異常とも言える能力を兼ね備えている。並の大人であれば、心技体、そのどれもが君に遠く及ばないでしょう」

月城が距離を詰めてくる。にこやかな笑みを浮かべながら。

「何だかんだ、君はこの学校で無事に1年間を過ごせた。それで手を打ちませんか？　それが大人というものです」

この1年間を想い出にして、ホワイトルームに戻れ、と。

「オレはまだ子供ですからね。手を打つつもりはありませんよ」

「ふむ。私から逃れられるとでも？」

「最後まで抵抗はするつもりです」

「このような言葉があります。井の中の蛙大海を知らず。君は自己評価が高すぎる傾向にあるようですね。だから、そうやって分不相応な大きな態度を取れる」

月城は軽く両手を広げる。

「この学校内はどうか知りませんが、君はけしてナンバー1じゃない。後発であるホワイトルーム生には、既に同等、あるいはそれ以上の生徒が何人も誕生しているんです。量産型の1人に過ぎないことを自覚すべきだ」

「もしそれが事実なら、オレに構う必要はなくなったってことになりませんかね」

「あの方のご子息でなければ、そうだったでしょうね。父上は君を更に高みに連れて行きたいと強く願っているのでしょう。どれだけ冷徹に見えても父親ということです。彼はあなたが手本となり、大勢を導ける存在だと信じて止まないのです」

月城は、あの男に対しての不満を隠さずに漏らす。

それは自分の立場の強さや高さを、こちらに対して見せつけているようでもあった。

「ホワイトルームの存在について、月城理事長代行はどう考えていますか」

「どう、とは？」

「必要だと思うのか、不要だと思うのか。存在に対してどう思っているかですよ」

卑屈になるような立場でないのなら、是非ご教授願おう。

「私がお答えする必要は一切ありませんよね」

「その答えを聞けば、オレの今の考えも変わるかもしれません」

「物は言いようですが、いいでしょう。もしそれで綾小路くんの気持ちが変わるかも知れないのなら、安いモノです」

十中八九オレの嘘だと分かっているだろうが、月城は承諾する。

「あの施設のことを語るのであれば、その歴史から振り返る必要があります。ホワイトルームが作られたのは今から約20年前。知っていますよね？」

「当然です。オレは『4期生』ですからね」

「そう。ホワイトルームは初年度の1期生から、1年ごとに新しいグループが作られることはご存知の通り。グループはそれぞれが別々の指導者の下、教育されていく。そして、どのグループが一番効率よく育成できるかを検証する。昨年の中断によって19期生までしか育成はされていませんが……既に何百人という子供たちが、ホワイトルームによる教育プログラムを受けていることになります」

年齢が違う子供たちとは、顔を合わせることは一度もなかった。

同じ施設にいながら、誰一人として顔も名前も知らない。

「随分と詳しいんですね。ホワイトルームの事情に」

「一通りは」

月城が、如何に父親に近い人物であるかは会話の通りすぐに理解できる。

向こうもそれを理解させるために話していることは間違いないだろう。

見方によっては単なる小物。しかし、見る角度を変えれば大物にも見えてくる。

その時々で、自分自身を変えられる。

だからこそスパイ的活動を任されたのだろう。

「どの子も、一定水準までは成長を見せる。しかし、その水準を超えることがなかなかできない。結果的に20年近く施設を運営しながら、掲げた目標値に達した子供は1人も誕生することはなかった。そう、君を除いてね。まあ、これは2年前までの話ですが」

いったいどれだけの金がホワイトルームに投資されたのか。

何億という額では足らないだろう。

その結果がオレ1人だけとは、なんとも虚しいものだと改めて思う。

「優秀な人材は出来上がってるんですよね？　その子供たちは今なにを？」

オレが何も知らない部分。

去って行った同期たちが何をしているのか、想像もつかない。

少しだけ月城は驚いた様子を見せたが、すぐに納得する。

「君は、施設で脱落していった子供たちの行く末など知る由もありませんでしたね。子供たちは立派に成長し、社会に貢献できている——といったことがあれば、まだ救いもあったのですが。これまで施設で育った子供の大半は問題を抱えているケースが多く、使い物にならないのですよ。あの環境に耐えられず心が壊れてしまうのでしょうね」

呆れた様子で、月城は話を続ける。

「生まれた瞬間からの徹底した管理教育。これが実現すれば、日本は世界から見ても類を見ない大きな成長を遂げるでしょう。しかし、事はそう単純ではありません。不思議なもので、人の成長はそれぞれ大きく異なる。どうしても同じようには育成は成功しない。それでも、着実に成果を挙げつつはあります。あなたの後を追う5期生6期生で言えば、生き残った子供たちの中には大きな才能を開花させている者もいますしね。これから制度を整えていけば、何十年か先にはホワイトルームはなくてはならない施設にまで昇華するかも知れない。あなたの父上の計画はあまりに壮大で馬鹿げていて——そして恐ろしいモノです」

饒舌に語りながら、そして月城はこう締めくくる。

「つまり、それが私のホワイトルームに関する感想です。馬鹿げていて、恐ろしいモノ」

「長々とありがとうございます。勉強になりました」

「魔の4期生と呼ばれ、あまりにも厳しい教育により次々と脱落していく中、たった1人だけ残り続け最後のカリキュラムまで難なくクリアした。あなたは貴重なサンプルだと私も考えています。その輝かしい記録に傷がつかないうちに戻った方がいい」

携帯を取り出した月城は、それをオレに差し出してくる。

「今すぐ父上に連絡し、退学すると一言申し出なさい。それがあなたのプライドを守り、そして父上の愛情に応えることが出来る簡単な方法です」

「月城理事長代行。あなたの言っていることには、確かに嘘である要素はどこにも含まれていない。完璧なまでに真実を語っているようにも見えます」

ホワイトルームに関しても、オレに対しても。

その通りですよ、と月城が微笑む。

「オレが思い描く月城理事長代行は、感情を読ませない鉄仮面のような人です。それが、今の話に限ってその仮面を外しているようでした」

つまり意図的に印象を操作して、会話の内容に真実味を持たせてきた。

それ故に、この話には信憑性があるどころか、嘘くさいものに感じられてしまう。

この男ほどになれば、話の中に真実と嘘を織り交ぜる必要もない。

黒を白に見せることも、白を黒に見せることも自由自在だろう。

つまり純度100%の作り話を、本当のことのように語ることも出来る。

「私のことを信用してはもらえないようですね」

「残念ながら」

「やれやれ……」

「月城理事長代行こそ、ここで身を引いた方がいいんじゃないですか？　もしオレを退学に追い込めなかったなら、父親からの信頼を失う。多少叱責を受けるとしても、この段階で引き下がっておく方が賢いと思いますが。恥をかくことになりますよ」

「ご心配いただきありがとうございます。ですが、それは無用な話。私は失敗しません」

どこまで本気で言っているのか分からないが、月城は不気味に微笑む。

「それに、私は大人です。一度の失敗を恐れたりはしません。万が一君が私を退けることが出来たとしても、それはそれ。次の仕事に就くだけのこと。恥など大したことではないですよ」

「父親を恐れて協力する割には、失敗は受け入れるんですね。どっちが本心ですか」

「さあどっちでしょう」

何十年と第一線で戦い続けているであろう月城。

評価した鉄仮面は想像以上かも知れないな。

あの男が送り込んでくるくらいだ、中途半端なヤツではないことは分かっていたが。

「納得いただけないなら仕方ありませんね。お互いやり合うことにしましょう」

「そうですね」

ここで、ようやく月城は満足したのかオレから距離を取る。

「そろそろ私は行きます。これ以上待たせると失礼に当たりますからね」

先に行かせた関係者のことを言っているんだろう。

「しかし自主退学しないとなると、今後の学校生活は大変なものになりますねえ」

「平穏(へいおん)に過ごしたいところですが仕方ないですね。覚悟の上です」

微笑みを向け続ける月城だが、去り際に更に提案をする。

「君に一方的に有利なゲームをしませんか？」

「ゲーム？」

「新学期になると、新入生としてホワイトルームから1名呼び寄せることになっています」

何を言い出すかと思えば、月城から意外な発言。

「そんなことをオレに教えていいんですか」

「なんの問題もありません。君だってその可能性を頭に入れていたはず。引導を渡す役はその子にと思っているので、正体に気付く頃には退学手続きをしていることでしょう」

自ら手を下すまでもないという判断か。

こちらの警戒心は強まることも弱まることもない。

オレは月城の発言を記憶しつつも、何一つ信じたりはしない。

「信じてはいなそうですね。私が4人も5人も送り込むとでも？　そもそも、何人も送り込めるほど、この学校は甘くありませんから。ナンセンスですね」

「1人と言おうと100人と言おうと、何一つ信じたりはしませんよ」

ねじ込もうと思えば、あの男なら何人でもねじ込んでくる。

そういう男であることはよく分かっている。

「確かにそうかもしれません」

「でも、それがどうゲームに通じるんですか」

「来年入学する1年生160名。その中に存在するホワイトルーム生が誰であるかを4月の内に突き止めることが出来たら、私は身を引いても構いませんよ。どうですか？　破格の話でしょう？」

確かに、それが本当なら破格の話だ。

厄介な月城（つきしろ）が去るのなら、こちらにとっては負担が減ることになる。

「とても信じられませんね」

「話半分でもいいではありませんか。君には何もリスクがないんですから」

精神的に受けるダメージはさておき、確かにリスクはないようなもの。

引き受けておいても損はなさそうな話だ。

「分かりました。形だけでも受けておきますよ、そのゲーム。ただ、そのホワイトルーム生の能力に相当自信があるんでしょうが、オレも1つだけ自信を持っていることがあります」

「ほう？　それはなんです？」

「井（い）の中（なか）の蛙（かわず）大海を知らず、されど空の深さを知る」

「すなわち……ホワイトルームという狭い世界で突き詰め続けたからこそ、誰よりもその世界の深さを知っている、ということですか」

揺らぐことのない自信を与えてくれたのは、紛れもないホワイトルームでの教育。

どれだけの子供たちが同じ教育を施されてきたとしても、この高みには達しない。

1つ上の3期生、あるいは年下の5期生だろうと持つ考えは同じだ。

こちらを値踏みするような視線を向け続ける月城に、オレは言葉を続けた。

「オレよりも優れた人間は、当然この世界に存在するでしょう。何故なら世界には70億にも達するほどの人間が生きているんですから。ですが、ことホワイトルームにおいては違う」

あの世界でオレよりも優れた人間は存在しない。

それだけは確信を持って答えることが出来る。

「その瞳――――父上にそっくりですねえ。深い闇を抱いた不気味な瞳です。その瞳の深さだけは、如何に他の優秀なホワイトルーム生と言えど真似できるものじゃない」

これ以上の会話は無駄と悟ったのか、月城は背を向け歩き出した。

4

月城と別れて、しばらくケヤキモールを彷徨っていた。

ひとまず月城の方は忘れて大丈夫だろう。

問題は、ずっと気配を殺し続けて隠れている松下の方か。

このまま接触せず済ませることも出来るが、理事長とのことを吹聴されても面倒だ。

オレは松下がまだ後を追って来ることをしっかりと確認した後、待ち伏せることにした。

何故オレの後を追って来るのか、その理由を確かめておかなければならない。

まず無いとは思うが、月城側の人間ということも可能性としては考えられる。

最初からなのか、あるいは途中からなのかは分からないが。

その点だけでも白黒つけておく。

問題があるとすれば、どこで声をかけるかだ。

今日のケヤキモールは春休み終了も近く、更にお昼前ともあり大盛況だ。

下手に声をかければ悪目立ちすることもある。

タイミングを見計らい、早い段階で決着をつけることにしよう。

救いなのは松下が同じクラスの生徒であることだ。

多少話し込んでいるところを目撃されても、何気ない日常会話にしか思われないだろう。

やや早足で角を曲がり、松下を待ち伏せる。

もし追ってこないようなら、恵を使って手を打つ方法を取るか。

10秒と少ししたところで、松下が角を曲がり追いかけてきた。

「わっ!?」

オレが松下の方を向いて待っていると思っていなかったのか、驚きの声を出す。

もしオレを追いかけていたわけじゃないのなら、過敏に驚くことはなかっただろう。

「何か用か？」

こちらが冷静に聞き返すと、松下は速くなった鼓動を落ち着けるように胸に手を当てた。

「用って、何が？　……って言いたいところだけど、バレてた感じだね」

こちらの態度と、自分の見せた失態に下手な言い訳は通用しないと判断したようだ。

しかし何故オレの後をつけてきていたのか。

重要なのはその部分だろう。

普通に声をかけるだけであるなら、隠れて尾行してくる必要はない。

「うん。ちょっとね、綾小路くんの後を追いかけてきたの」

周囲に誰もいないことを松下も確認し、その後尾行していたことを認める。

松下とオレとの間には深い接点は何もない。

だが松下の挙動を隈なく観察していると、かなり警戒していることが窺える。そして心理状態を見破られたくない思いと、こちらを探ろうとしていることが見て取れる。

「なんで追いかけてきたと思う？」

それは、単なる問いかけじゃない。明らかにオレに対して心理戦を仕掛けて来ていた。

ここから何かを引き出そうと企んでいることは間違いないな。

「さあ。皆目見当もつかない。それよりもいつから後をつけてきたんだ？」

こちらがどのタイミングで気付いていたかはこちらから教えない。

質問に答えつつ、こちらからも質問をぶつけてみる。

「ついさっきかな。そー――」

「ついさっきって？」

追加の質問させないように松下の言葉を遮り、更に聞き返す。

もし隙を与えれば『綾小路くんはいつから気付いてたの？』と返してきただろう。

「誰だっけ……そう、新しい理事長と話してる途中かな」

嘘を混ぜつつも、理事長との会話を見ていたことは認めてきた松下。

だが直後に松下は僅かに口角を下げた。自らの判断ミスに気がついたようだった。

オレはここで間を開ける。理事長とオレの関係性に疑問を抱いていたなら、松下から必然的に質問が飛んでくるだろう。

「理事長と話すなんて、何かあったの？」

「ケヤキモールの改築をするらしくて、たまたま目についたオレに意見を求めてきた。どんな施設があったら嬉しいとか、そういうことを幾つか聞かれたかな」

「へえ、そうなんだ……」

途中から見かけたと嘘をついた松下。もっと前からオレをつけていたことで得た情報をアドバンテージにしようとしたのかも知れないが、それは逆効果だ。理事長と行動を共にしていた作業員たちを見ている以上、今のオレの話を信憑性の高いものとして認識する。

「それで、それがどうかしたのか？」

「それは別に関係ないんだけど、ね。ちょっと気になったことがあって」

そう言って、松下はつけてきたであろう本題を話し出す。

「学年末試験の時のことなんだけど……綾小路くん司令塔だったじゃない？」

なるほど。その一言で松下が何のためにオレに接触してきたかその全てを理解する。

「フラッシュ暗算の時、私に教えた答えと高円寺くんが言った答え。一致してた」

それを単なる偶然として片づけるのは難しいだろうな。

「中学の時フラッシュ暗算をやってたことがあるから、比較的得意なんだ」

「私もしてたけど、比較的ってレベルじゃないよね。全国レベルだと思うんだけど」

そう言った後、即座に話を付け加える。

尾行のことでオレに先手を封じられたことが気に入らなかったようだな。

「アレは純粋に得意な種目だった。正直に言えば、全国大会にも出たことがある」

「……ホントに？」

「ああ。偶然得意な種目が出たから、多分松下にも誤解を生んだんだと思う」

「でもさ、だったらもっと早く言うべきじゃない？」

「確かにな。けど、オレの性格分かるだろ？　クラスの中で堂々と主張できるような立場じゃない。偶然プロテクトポイントを持った仮初の司令塔だったしな。何より、相手はAクラスの坂柳だ。フラッシュ暗算が得意と言っても、どこまで通じるか分からず不安だった」

自信の無さ＝発言の弱さ。このイメージをクラスメイトはオレに持っている。

「それは……まぁそうかも知れないけど」

一定の信憑性を感じつつも、そのまま認めるわけにはいかないと松下は次の手を打つ。

「私さ……見たんだよね。綾小路くんと平田くんが、ベンチで話し合ってるところ」

クラス内投票で孤立していた平田と語り合った時のことだろう。

オレも背中に目があるわけじゃない。見られているとは知らなかった。

ただ、だからって慌てるようなことでもない。

あのタイミングで誰かが遠くから見かけていたとしても、不思議じゃないしな。

「近づくと気づかれると思ったから遠くにいたけど、泣いてる感じとか分かったかな」

あの場面とフラッシュ暗算。材料は幾つか揃っているか。

松下の狙いが浮き彫りになってくる。

挙動や言動からしても、月城とは全く関係が無いと判断して良さそうだ。

「その次の日から、平田くんが復帰してきたのは単なる偶然じゃないよね？」

普通の生徒だと思ってたが意外と鋭いんだな。

気になるのはオレに対してこんな話をしてきたことだ。

胸の内に秘めておくことが出来なかった、といった様子でもない。

単なる好奇心を先行させているようにも見えるが……。

僅かに見せる挙動からそれがブラフであることは間違いなさそうだ。つまり別の狙いがある。松下なりにロジックを組み立てて今日に臨んでいることを見ても、突発的な思いつきじゃないな。事前に接触して、話を切り出すことを決めていた。それが今日だったのは、恐らくケヤキモールで単独行動しているオレを見つけたからだろう。

「全国レベルのフラッシュ暗算の実力に、体育祭で見せた脚力。それに平田くんを立ち直らせたこと。総合すると見えてくるもの……。綾小路くん手を抜いてるよね？　本当はもっと勉強とかスポーツが出来るんじゃない？」

わざわざ関係性の薄いオレに接触してまで、引き出したかったこと。

オレの実力に疑問を抱き、その真実を確認しに来た。

これまで1年間クラスメイトとして接してイメージしてきた松下とは全く様子が異なる。

早々に1つの結論に達したオレは、核心を突くことを決める。

「Aクラスに上がりたいから協力して欲しいのか？」

「……認めるんだ？」

あっさりと白状したことに、松下は一定の不気味さと手ごたえを感じたようだ。

「手を抜いてるのはそうかも知れないな」

「どうして？　この学校じゃ成績を良くしておくに越したことはないよね？」

アドバンテージを取ったと思った松下からの、質問責めが始まる。

「目立つのが好きじゃないから……だな。中途半端に勉強ができると、教える側に回ったりすることもあるだろ？　そういうのは苦手なんだ。スポーツも似たような感じだな」

「なるほど、ね」

同じように多少隠し持った実力を持っている松下。恐らく自分と重ね合わせ、強く納得できる部分があったのだろう。こちらの言い分を信じる。

「今後はクラスに貢献して欲しい。相応の実力を持ってるのなら、それを発揮して欲しいの。これから私たちのクラスが勝っていくために。もしその実力が本物で、リーダーとしての資質もあるのなら、私は綾小路くんを推挙しても構わない」

要は堀北と同じ。実力を持っているならそれを素直に出せという話。

「ちょうどそうしようと思ってたところだ」

「え？」

こちらが素直に協力を申し出ると思わなかったのだろう、気の抜けた声を出す松下。

「けど、過度な期待はしないで欲しい。7、8割の実力はもう出してる。正直全力を出しても平田ほどには勉強もスポーツも出来ないぞ」

今後オレがどのように学校で生活していくかはいったん棚に上げておく。

今ここでは、松下をある程度の段階で納得させておくべきだろう。

実力を隠していると教えることで、これ以上の秘密はないことを印象付ける。

そしてこちらが松下の隠している実力に察していることには一切触れない。

向こうは当然、心理戦で優位に立っていることを実感し、こちらの実力を暫定算出する。

「待って。さっき7、8割出してるって言ったけど……それは本当？」

松下もオレが平田以上だと思う材料は殆どないはずだ。だが、それが真実かどうかを確かめるために追い打ちをかけてくる。

「ああ」

改めて問いかけに頷くも、松下は受け入れようとしなかった。

「軽井沢さんの件は？」

「と言うと？」

「……平田くんと別れたことと、綾小路くんの関連性みたいなもの、というか」

「それはどこから来た情報なんだ？」

「私が個人的にそう感じただけだけど……関連性は間違いなくあると思ってる」

どうやら、相当下調べは済ませているらしい。だから簡単には納得しない。

松下には明らかな自信が見え隠れしていた。

「どうして綾小路くんを軽井沢さんが特別視するのか……平田くんと別れてまでだよ？その理由を教えて」

「その理由か……」

平田よりもオレが下であるなら、軽井沢の動機に対して納得できないということだ。

「特別視なんてしてない、そう答える？」

「……あるのかも知れないな」

オレがそう言うと、どこか納得したように一度小さく頷く。

「やっぱり。本当はもっと――」

「いや……何というか、松下は盛大な勘違いをしているんじゃないかと思ってる」

「勘違い？　私なりに確証を持って聞いてるんだけどな」

「確かにオレと軽井沢には……普通じゃない関係があると思う」

「それを知りたいの。綾小路くんの本当の実力」

「いや、それは――」

「ここまで来て話してくれないつもり？」

「そうじゃない。何というか、言い出しにくいんだ」

オレは二度、三度と言葉を詰まらせながら、明後日の方角に視線を逃がす。

更に追及をしてこようとする松下に、仕方なく言葉の続きを口にする。

「説明は難しいんだが、いや、難しいわけじゃないんだが……。その、それは単純にオレが軽井沢に対して好意を向けてて、それを軽井沢に伝えたせいじゃないかって思う。特別視というか単純に妙な意識をオレに向けてるんだろうな」

「え……？」

「……え？」

顔を見合わせる。

「軽井沢さんが綾小路くんの実力を見て、特別視してるんじゃなくて？」

「関係ないはずだ」

「でも——仮に好意を向けられてるからってそこまで特別視するとは思えない」

オレは松下との距離を詰め、その両肩に手を伸ばす。

掴まれると思わなかったのか思わずぎょっと目を見開く。

その視線をしっかりと捉えてオレは言う。

「好きだ松下。付き合ってほしい」

「はっ——!?」

一瞬、頭の中がパニックになったであろう松下。オレはすぐに肩から手を放す。

「こんなふうに告白すれば、良いか悪いかは別としてその後意識しないか？」

「じょ、冗談ってことね。なるほど、なるほど……ね」

直接身をもって体験させれば、その実体験から後は勝手に穴埋めしてくれる。

異性からの真剣な告白を受ければ、少なくとも極端に毛嫌いしている相手からでなければある程度意識を向けるようになるのは当然のことだ。

「平田と別れたのは単純に偶然だと思う。オレが気持ちを伝えたのもその後だしな」

そもそも告白をしていないため、松下にはこの順番の真実を確認する術はない。

「……そっか。そういうことだったんだ。ごめんね後までつけてきて」

「1つお願いがある。軽井沢とのことは——」

「分かってる。流石に言いふらしたりはしないから」

本人が１００％スッキリする回答だったとは言い切れない。

だが、ひとまずはこれでお開きになる。それくらいの材料は提供できたつもりだ。

恵（けい）とのことに関しても、不用意に口にはしないだろう。

そのことでオレの機嫌を損ねて非協力的になることの方が、松下（まつした）にとってデメリットだ。

○動き出す青春

先日の松下の一件、その前の堀北や一之瀬の一件。

そして坂柳理事長及び茶柱、真嶋先生との協力関係の構築。

月城との駆け引き。春休みだけでもオレの周りでは随分と色々なことが動いた。

まず何よりも警戒すべきは月城だろう。他の案件と違い、無視しているだけでは状況は悪化の一途を辿る。気がついた時には退学通告を受けていたなんてことになりかねない。そのために教師たちと連携を取り対応していかなければならない。ヤツが言っていた、ホワイトルームから生徒を送り込むという話は、絶対ではないが十分あり得る話だ。月城が四六時中生徒たちの教室や廊下に出入りなど出来るはずもない。常に試験などの間接的なモノを通してしかオレに攻撃することは不可能だ。しかし生徒なら話は別。教室も廊下も自由に行き来できる。いつでもオレに対して接触が可能な環境を作り出せる。それだけ退学させるためのチャンスを得ることも出来る。更に情報偵察としても有能な働きをするだろう。

　それが現実のものになれば、周囲の中で一番の大きな変化と言える。

　そして次に堀北と松下の２人。これは言わばクラス内の問題だな。オレの実力に疑問を抱き、そのポテンシャルを知りたがっている。堀北とは勝負の約束もしているが、ひとまずは何も手を打つ必要はないだろう。

一之瀬の方も、これは当分先のことになる。これから1年間の戦いを見た上で、こちらからやるべきことを淡々と行うだけ。だが、それらはあくまでも周囲の話。

オレ個人の変化は、まだ微細なものでしかない。

そう——今日までは。

春休みもこの火曜と水曜の2日を残して終わる。

生徒たちが訪れる新たな戦いを前に、最後の休息を楽しんでいるこの日。

オレは大きな変化を求めて、ある行動を起こすことを決意していた。

物事を進めるならこのタイミング。

時刻は夕方6時過ぎ。

日の入りが始まり、これから夜に切り替わっていく時間帯だ。

ところで、出来ることならオレは大勢の人間に問いかけてみたいことがある。

たとえば好きな異性がいたとしたら、どうやって告白までの道筋を繋ぐだろうか、と。

絶世の美男美女であれば、回りくどい方法を取らずいきなり告白することも出来る。

君が好きだと言えば私もよと返ってきて、めでたしめでたし。

だが大抵の人間はそんな恵まれた環境にない。

顔のコンプレックス、性格のコンプレックス、あるいは身体的なコンプレックス。

複雑に入り組んだ三角関係なども、告白までの道筋を邪魔する存在か。

ともかく恋愛の入り口である『告白』が、簡単なことじゃないのは確かだ。

だからこそ真剣に頭の中で妄想を膨らませる。

告白の成功確率を懸命に絞り出して、考えるだろう。

10％か、20％か。あるいは2分の1で成功するか。

時には80％90％と、１００％に近い確信を得ていることもあるかも知れない。

それでも不安になるものだ。

告白に失敗した時、相手との関係が今までと大きく変わってしまうことを恐れる。

そんなことを気にしない、前向きな人間も少なからずいるだろうが、まだ高校生の若者にとっては学校が全て。普通はその学校という世界で、築かれた関係が崩れていくことに強い恐怖を覚える。

更に考えるようになる。

1％でも確率を上げるためにはどうすればいいかを。

そして、様々な努力を始めるだろう。

まずは出来る範囲から、髪型を相手の好みに変えてみたり、オシャレしてみたり。

勉強したり身体（からだ）を鍛えたりもする。

あるいは、食事やプレゼントといった戦略を取るかもしれない。

あの手この手で確率を変動させる。

時には1％が99％に上がることもあるし、失敗して99％が1％に下がってしまうことだってある。

相手のことを読み、相手の感情を見透かそうと必死になる。

それが告白までのプロセスだ。

そして——そんなプロセスを経るのはオレも同様だ。

他の男女と同じように考え、悩む。

ただ、こういったことは恋愛だけに限った話じゃない。

幅広く言えばすべての物事には見えない確率が存在していて、日々それが事象によって変動している。

高校、大学の進学のために勉強することも、合格の確率を変動させるように。

それをどれだけ意識しているかで、状況の理解が大きく変わってくる。

受験や告白だけに留まらず、それが成功したとしてもそれで終わりじゃない。

むしろそこからがスタートになることも多いだろう。

進学した先で躓けば、中退や退学に繋がるだろうし、恋愛も浮気や暴力で解消になってしまうこともある。

オレは先の先までを想定する。1か月後、半年後、1年後。

時には予定と変わることもあるが、突発的な行動はあまり好きな方じゃない。

まして自分から行動することに関してはそうだ。

さて、話を少し戻そう。

この日までにやってきたことも、全ては『ある確率』を変動させるためにあった。

もちろん成功確率を上げるため。

その成否が、恐らく今日出る。

読みが正しければ、そろそろ連絡が来る頃だ。

オレの握りしめていた携帯が鳴った。

ディスプレイに表示されるのは無機質な11桁の番号。

携帯には登録されていない、軽井沢恵からのものだ。

「オレだ。連絡もらって悪いな」

数コールさせた後、そう電話に出る。

30分ほど前、オレから恵に電話したが、その時は電話に出ることがなかった。その折り返しの連絡。

「いいけど。なに？」

「不満がありそうな声だな」

「別に。不満って言うか、確認したいことはあるけどね」

「この前呼び出しておいて、その後何も連絡しなかったことか？」

ひよりと会った日。オレは恵を呼び出しておいて、結局話の内容を何も伝えなかった。

思い出したら連絡するとだけしか言っていなかった。

そして春休み終了間近まで、連絡を取ることをあえてしなかった。

「分かってるみたいね。なに、嫌がらせ？」

「そのことについて、直接会って話さないか？」

オレはそう言って話を遮った。

「え？」

「思い出したら話すって言った件、思い出した。これから来られるか？」

「ったく……都合よすぎ。……いいけどさ。この時間、他の人に見つかっても知らないからね？」

今の時刻は、寮を出入りする生徒も多い。

恵がオレの部屋を訪ねるところを見られてしまう確率も高いだろう。

「それは気にしないで良い」

その点は大丈夫だと伝えた上で、訪問を勧める。

「分かった。あ、あとあたし7時から予定あるから、そんなに時間とれないからね」

「手短に済ませる。多分10分か20分か。それくらいだ」

「なら問題ないけど。後でね」

そう言って、恵は通話を切る。

さて——始めるとしようか。

準備万端。オレは部屋の中を見回す。いつもよりも小綺麗（こぎれい）にした室内。

一度だけ鏡に視線を向ける。

真顔で自分を見つめる自分と向き合い、すぐに視線を逸（そ）らした。

1

恵は不機嫌そうな顔をしてオレの部屋に鎮座（ちんざ）していた。

その格好（かっこう）は、確かにこれから外出の予定があるのか小綺麗にされていた。

「で、なに？」

話を切り出さないオレに対して不機嫌そうな視線を向けてくる。

呼び出しておいて、何も話さないわけにもいかない。

「なにが」

「いや、何がって。話したいこと思い出したんでしょ？」

「そう言えば、そうだったな」

「…………」

「…………」

歯切れの悪いオレに対して、更に恵の嫌そうな目がより色濃くなった。

「だから何よ」

「まあ、そう慌てるなよ」

「さっきも言ったけどさ、7時から友達とケヤキモールでご飯なの。分かる?」

「まだ十分に時間はある、大丈夫だ」

「なーんか感じ悪いって言うか、あんたにしちゃウダウダしてる感じ」

いつもと違う様子に、恵は不信感を抱き始めていた。

「……そうだ。あんたに不満を伝えておかなきゃならないのよね」

いつまでもこちらが話を始めないために、恵が愚痴を零し始める。

「伝えておきたいことって?」

恵が何を言いたいのか、正直分からなかったので素直に聞き返す。

「佐藤さんから、あんたとの関係を色々と疑われてるんだけど」

佐藤。最近は絡むことがなかったが、オレに好意を向けてくれていたクラスメイト。

「告白を断ってから嫌われてると思ってたが。どんな風にだ?」

「あたしが平田くんと別れたのは、あんたと付き合うためなんじゃないかって。遠回しにそんなことを確認された」

直接表現は避けたが、そう受け取れるような発言をされたってことか。

「もちろん否定したけど。どこまで信じてもらえたかは怪しいとこよね」

「そうか。似たような話がオレの方でもあったな」

「は? 何よ似たような話って」

「松下から、おまえとオレの関係性を色々と疑われた。付き合ってるのかとかな」

先日の松下とのやり取りを報告すると、恵の顔が青ざめていく。

「は？　は？　嘘でしょ？　それほんとに？　冗談じゃなくて？」

もちろん冗談じゃないと頷き、その経緯を説明する。

松下がオレのように実力をひた隠しにしているタイプであることや、観察力に優れオレと恵の関係性に疑問を持ったこと。そしてオレの実力にも疑念を抱いていることなど。

「ちょ、ちょっと待って。あたし頭の整理が追いつかない」

頭痛を覚えたのか、恵は額を押さえる。

「なんかすごく悪い方向に進んでると思うんだけど……そのことについて何かある？」

今の状況を知って、オレの感想を求めてきた。いや対策案を求めてきた。

今日呼び出したことにも関連しているし、ここは素直に答えてやるか。

「放っておけばいいんじゃないか？」

「いやいやダメだって！　そもそもあたしたちの関係って……別に何もないじゃん！」

「何もないのに、何かあるように思われるのが嫌ってことか？　もし、仮に松下から噂が洩れることになったとしても、好きに言わせておけばいいんじゃないか？」

「はあ？　好きに言わせておけばって……そんなの放っておけるわけないでしょ。すぐに松下さんに言ってよ。あたしとあんたは何の関係もないってさ」

「今、松下に下手に言い訳しても逆効果だけどな」

「それくらいあんたなら最初から分かるでしょ。なんで中途半端な嘘つくわけ？」

「どう話そうとも状況は変わらない。佐藤はオレとおまえの関係を疑ってるんだろ？　その佐藤と仲の良い松下ならいずれ、佐藤の口からオレと恵の関係が普通じゃないことを聞いたはずだ。いや、あるいは既に聞いたうえでの行動だった可能性も高い」

周囲の意見を取り入れた上でオレに接触してきたと考えるべきだ。

「……そう、かもしんないけどさ……」

これからも恵との接触は必然的に行われる。

ここで強く否定したところで、今度は疑念が確信に変わるだけだ。

そして嘘をつかれていたと分かれば、周囲に対して吹聴していくこともある。

それなら早い段階でこちら側につけておく方が今後のためでもあるだろう。

だが恵が気にしているのはそんなことではないらしい。

「だって……あたしが平田くんと別れたのが、その、あんたと付き合うためって話が、万が一にもクラスって言うか、学校中に広まったら困るんですけど」

「どうして困るんだ？」

「だからさー。そんなの広まったら、あたしのこれからに影響あるでしょってことよ」

詰め寄るように不満を言いながら、更にまくし立ててくる。

「いい？　男にしろ女にしろ、異性の影があったらアプローチだって減るもんなの」

分かる？と人差し指をオレの眼前に突き立てる。

「つまり新しい恋を始めるにあたってオレが邪魔ってことか」

「……そういうこと」

第三者の立場になって見れば、言わんとすることは理解できた。堀北のことが好きな須藤を知っている人間は、堀北に対してアプローチをしにくくなる。そんな話だろう。

「ホントに分かってるわけ？　そうよ、ちょっと、いい？」

こちらが理解していないと思ったのか、恵が続けざまに話を切り出す。

「あんたって……椎名って子と仲良くしてる？」

「椎名？　ああ、ひよりのことか」

「ひよ……」

下の名前で呼ぶ存在。

もちろん、オレが名前で呼ぶ相手は恵を含め波瑠加や愛里などもいる。

そのことは当人も知っているだろう。

だが、他クラスにまでいるとは思っていなかったようだ。

「確かに仲良くしてる方だな。同じ読書好きとして趣味も合う。それがどうした？」

そのことを伝えると、恵の顔色が変わっていく。

「へえ……同じ趣味。読書……へえ……へぇっ。あたしとは全然違うわけだ」

もちろん、恵とは全然タイプは異なる。そんなことは本人がよく分かっているはず。

「それで？」

「……いや、だからさ……ああもう！　何言おうとしたか忘れちゃったじゃない！」

怒り、そして恵は一度腕を組んで明後日の方向を見る。

それから程なくして息を落ち着けると思い出したらしい話を始める。

「あたしとの噂が広まれば、椎名さんだって、その、あんたと親しくしにくいでしょ」

「なるほどな。確かにそうかも知れないな」

オレがその事実を認めると、恵は立ち上がった。

「別にあんたが誰と仲良くしようと勝手だけどさ」

そう言うと、恵は背中を向ける。

「悪いけどさ。話……今度にしてくんない？　ちょっと早めにケヤキモールに行きたい。別のクラスの男の子たちも遊びに来るかも知れないから、噂払拭のためにも気合入れないといけないし。あんたなんかに構ってる暇ないわけ」

「気合？」

「平田くんと別れたんだから、新しい彼氏探すのよ。悪い？」

「悪くない」

「……でしょ？　だからもう行くから」

ちょっと意地悪をし過ぎたか。

オレは同じように立ち上がる。恵は玄関まで見送りに来ると思ったのだろう。

「別にいいわよ」

語気を強めに拒絶してくる恵に対して、オレは名前を呼ぶ。

「恵」

「もう、何よ」

「単純に、嫌だったらスルーしてもらっていいんだが」

「はあ」

返事のような呆れた声。これ以上何を言う気だと警戒している。

「付き合うか？」

「え？」

眉間にしわを寄せながら、よく分からないとこちらを振り返る。

「なにを？　って言うか、何に？」

どこかについて来い、みたいな解釈をしたのかそんなことを言った。

「そういうことじゃない。オレとおまえで付き合うか？　って聞いたんだ」

「いやだから――よく意味が……わかん……な……」

これ以上言葉は不要だろう。オレの恵に向ける目。それを受け止める恵の目。

希薄な関係ならいざしらず、この２人なら視線を合わせれば感情くらいは伝えられる。

「ちょ、え、は、え!?　な、なんの冗談よそれ、たち悪すぎだけど……!?」

「冗談ならな」

「だ、だって！　あんた今、椎名さんとのことほのめかしたばっかかじゃん！」

「そっちは冗談だ」

「でも――この間――」

「それは単なる、そうだな。ちょっと恵が嫉妬するかどうか試したかったんだろうな」

恵をカフェに呼び出し、オレがひよりと話し込んでいるところを見つけさせる。

そんなことをする必要性は、もちろん殆どなかっただろう。

だが、これはオレが恋に不器用であることを見せるための一つの方法だ。

「こ、この話嘘だったら、マジであたしとあんたの関係終わるけど……嘘の告白だって取り消すなら、これがラストチャンスだけど……そこんとこ、マジで分かってるわけ？」

疑心暗鬼である恵は、イエスもノーも答えられる状況にないということ。

「もちろん冗談じゃない。答えを聞かせてくれ」

「っ……そ、そそそそ、そんなこと言われても!?」

「さっきも言ったが、嫌だったらスルーでも拒否でも好きにしてもらっていい」

「誰もスルーするなんて言ってないし！　て、てか、なんでよ！」

「なんでよ、とは？」

「その、それは、あたしを、だから……とか。そもそも、なんで今日なのか、とか……」

前者の方はハッキリ言わなかったので、後者の質問にだけ答える。

「なんで今日だろうな。今日であることの理由は上手く説明できないが、今である説明はうまくできる。お前が他の誰かの彼女になることを、阻止したいと思ったからだ」

「つまり――あんたは、あたしのことが………好き………ってこと?」

恵からの、その問いかけはこれまでに無いほど強い感情が込められていた。

この瞬間、あるいはこの直前に心を震わせ、そして強く答えられる……そう思っていた。

「そうだ、オレは軽井沢恵が好きだ」

人生一大イベントのひとつでもあるはずの告白。

本当の気持ちをぶつける瞬間。

オレは恵からの問いかけに、本心から答えられただろうか。

本来誰かに告白するという行為は、単純に好きだからという動機が全てだ。

意中の相手を自分だけのモノにしたいという欲求からの求愛行動。

「返事は?」

オレからのボールは既に恵に手渡されている。あとは返事を待つだけだ。

恵は混乱する頭の中を懸命に整理し、そしていつの間にか逃げていた視線を必死に戻す。

「――っ、付き合ってあげる……わよ」

「それはオレのことが好きってことで良いのか?」

「そ、そんなの言わせる!?」

戸惑う気持ちは分かるが、ここは確認事項として外せない部分だ。

その返事をもって、初めて2人の関係に確かな変化が訪れる。

「ああ、言わせる」

こちらがそれを促すと、恵は驚きつつも露骨に拒絶することはなかった。

「っ……」

第三者が聞いているわけじゃない、契約書に印鑑を押すわけでもない。

2人だけが知る、2人だけの会話。2人だけが守り合う約束。

「答えられないか？」

もし答えられないのなら、どうするかこちらから提案しなければならなくなるが。

「ちょ、ちょっと待って。今、今急いで気持ち作ってるから……！」

パーに広げた両手を前に押し出し、ちょっと待ってくれと急かすのを止める。

オレはその様子を見ながら、静かにその時を待つことにした。

そして数十秒ほどして意を決した恵の瞳がオレを見つめた。

「……そりゃ、まあ？　その、なんてーか……」

決意はしたものの、それでも言葉を紡ぐのには苦労しているようだった。

そんな姿を見ていて妙な愛らしさを感じられたためか、待つ時間は苦ではない。

「あんたのこと……だから、あたし……」

たくさんの勇気を絞り出すのに苦労しながらも、けして目だけは逸らさなかった。

それが恵の決めた覚悟の証明だったのかも知れない。

軽井沢恵の強い部分。

こうと決めたら、どんな状況でもそれを貫き通そうとする意志。

「す、好き……かな……かなって言うか……」

段々と小声にはなりつつ、ごにょごにょと告白を続ける。

「あたしも……好き……になってた……。悔しいけど……みと、認める！　認めるって！」

何故か怒りながら、それでも恵は両思いであることを言葉にした。

オレは両手を伸ばし優しく恵の左右の腕を掴んだ。

「ちょ、ちょちょ!?　ま、まさかキスとかするの!?」

好きだと言わされそうになった時よりも、更に大きなリアクションを返す恵。

ここでキスをしても恵が嫌がることはないだろうが、そこまでは踏み込まない。

「それはしない。まだな」

「ま……まだっ……」

つまり、今後はそう言った行為も視野に入ってくるということ。

それを想像し、恵はフリーズしたように硬直した。

オレはそんな恵を、優しく抱き寄せる。

これは2人の関係が大きく一歩を踏みだしたその証明でもある。

「これくらいならいいだろ？」

「――――まぁ、これくらいなら……」

顔を見なくても分かる。

恵は今、きっと戸惑い緊張し、そして喜びを感じているはずだ。

その顔は笑顔とも何とも言えない表情になっているだろう。
「ねえ、ちょっと身長伸びたんじゃない？」
「そうかもな」
入学前に計った時は、176センチ。1年間で成長していてもおかしくはない。
他の生徒たちだってそうだろう。
人は成長する生き物だ。
そして学習を好む生き物でもある。
これは、本能。
自転車の乗り方や泳ぎ方を覚えるように。
箸の持ち方やストローの吸い方を覚えるように。
オレは恵を通じて恋愛を学習する。
これまでの人生で、学んでこなかったこと。
ホワイトルームで学ぶことの出来なかったもの。
探究心に突き動かされる。
そして、その対象が恵であったことはもう1つの重要な意味を持つ。
この恋愛が、軽井沢恵という人間の成長過程に必要になってくるからだ。

この先1年を見通した時、オレとの関係が重要になってくる。
宿主に寄生して生きる恵のままでは、いずれダメになる。
それを阻止(そし)するために、このステップは欠かせない。

オレは――
オレは今、どんな顔をしているのだろう。
笑っているのか。
それとも、恥ずかしさを覚えた顔つきをしているのか。
あるいは戸惑いや微笑(ほほえ)みを浮かべているのか。

分からない。

今、自分がどんな顔をしているのか分からない。

――いや。

違う。
本当は分かっている。

自分が今どんな顔をしているのか。
何を考え、何をしようとしているのか分かっている。
人は学習に喜びを覚える。
それは勉強でも運動でも、ゲームでも同じだ。
上達したと実感すれば愉悦を覚える。
それは恋愛でも同じ。
オレは、恋愛を知らない。
恋を知らず、愛を知らない。
男女の関係を知らない。
果てに待つ羞恥心や快楽、その類を知らない。
きっと近い将来、オレはその一つ一つの答えを知る。
でも、何も変わることはないだろう。
ただ学習するだけ。
そして成長し、前に進んでいく。
言わば、恵はオレにとって1冊の異性という名の教科書。
それを読み終えた時――――それは『役目』を終えることになる。

それとも――――

そうじゃない未来が、待っているのだろうか。
その身から離すことのない、掛け替えのない存在になっているのだろうか。
分からない。
そう願う自分と、それは不可能だと悟る自分がいる。
どうか、祈ろう。
今この瞬間——大切な人を抱きしめているオレは、微笑(ほほえ)んでいるのだと。
彼女を大切にすると誓う、一人の若き学生であることを祈ろう。
優しく恵を抱きしめながら、オレはそう静かに願った。

あとがき

安定の4か月ぶりでございます。皆のきぬきぬです。

令和元年、皆さま如何(いかが)お過ごしでしょうか。私は――――元気です。

さて、私の近況ですが、ある週末シーカヤックに1度行ったきりで他は仕事ばかりしてました。

秋の行楽シーズンになったら、どこかドライブがてら1泊温泉旅行に行きたいなぁなんて思いながら、今も黙々と仕事を進めております。思えばここ1、2年まともに神社巡りも出来てないなぁ。

小ネタですが、最近自分が歳(とし)を取ったなぁと感じること。

昔はパソコンとか機械類に強いつもりだったのに、どんどんバージョンアップされる携帯の機能を、もう扱いきれていない自分に気付くとき。複雑すぎて何が何だか分からないし、アプリの使い方も最低限以外は宝の持ち腐れにさせてしまってます。そんな自分を客観的に見て、機械が苦手だった大人たちの姿とダブって見えてくるんですよね。車を運転してても、よく分からないボタンとか機能とかも沢山あるし……。

ああ……そうか、自分もこうやってついていけなくなるんだな、と。

と、情けない自分のことはそんなところにしておいて……。はい、これで1年生編は終了となりました。長かったようで、来てみると一瞬だった気もするので不思議なものです。

主人公である綾小路(あやのこうじ)と、そして周囲の友人たち。この巻に登場したのは大勢の中の一部ではありますが、様々な変化や成長などを見ていただけるかと思います。

そして次巻からはいよいよ2年生編となるわけですが、これまで同様の同学年でのクラス対決はもちろんのこと、下級生、上級生、そして学校側と四方での戦いを中心に物語を進めていくつもりです。情報量が増えて大変な部分もありますが、どうぞお付き合いください。

イラスト集の方も着々と進行しておりまして、既にメインビジュアル、次巻の表紙共に制作が進んでいる状態です。間もなくメインビジュアルの方は先行で公開できるかと思いますので、楽しみに待っていただけたらと思います。

それでは次回も、いえ、次回から改めましてよろしくお願いいたします。

『ようこそ実力至上主義の教室へ　2年生編』開始!

『ようこそ実力至上主義の教室へ・原作公式サイト』にて
詳細続報!　刮目して待て!

教室へ　終・1年生編BOX トモセシュンサクArt Works」1月25日発売!

MF文庫J

ようこそ実力至上主義の教室へ11.5

2019年 9月25日 初版発行
2020年 5月25日 4版発行

著者 衣笠彰梧

発行者 三坂泰二

発行 株式会社 KADOKAWA
〒102-8177 東京都千代田区富士見2-13-3
0570-002-001(ナビダイヤル)

印刷 株式会社廣済堂

製本 株式会社廣済堂

Printed in Japan ISBN 978-4-04-064007-5 C0193

●お問い合わせ(メディアファクトリー ブランド)
https://www.kadokawa.co.jp/(「お問い合わせ」へお進みください)
※内容によっては、お答えできない場合があります。
※サポートは日本国内のみとさせていただきます。
※Japanese text only

◇◇◇

【ファンレター、作品のご感想をお待ちしています】
〒102-0071 東京都千代田区富士見2-13-12
株式会社KADOKAWA MF文庫J編集部気付「衣笠彰梧先生」係 「トモセシュンサク先生」係